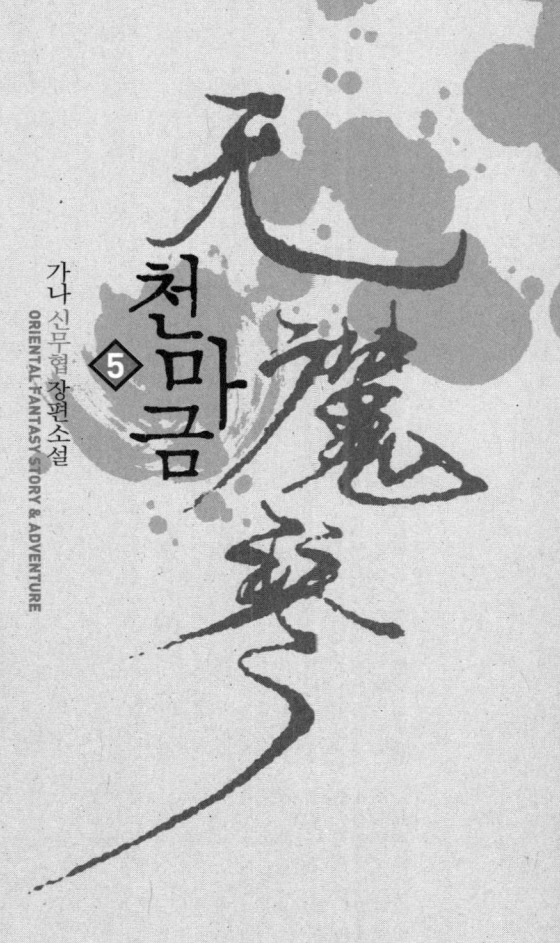

가나 신무협 장편소설
ORIENTAL FANTASY STORY & ADVENTURE

天魔琴
천마금 ⑤

dream books
드림북스

천마금 5
우연

초판 1쇄 인쇄 / 2010년 12월 21일
초판 1쇄 발행 / 2010년 12월 31일

지은이 / 가나

발행인 / 오영배
편집장 / 허경란
편집 / 신동철, 문보람, 오미정, 윤상현
본문 디자인 / 신경선
펴낸 곳 / (주)삼양출판사 · 드림북스

주소 / 서울특별시 강북구 송천동 322-10호
대표 전화 / 02-980-2112 팩스 / 02-983-0660
편집부 전화 / 02-980-2116 팩스 / 02-983-8201
블로그 / blog.naver.com/dreambookss

등록번호 / 제9-00046호
등록일자 / 1999년 3월 11일

ⓒ 가나, 2010

값 8,000원

(주)삼양출판사 · 드림북스의 서면 허락 없이는 어떠한
형태나 수단으로도 이 책의 내용을 이용하지 못합니다.

ISBN 978-89-542-3935-6   04810
ISBN 978-89-542-3053-7   (세트)

* 지은이와 협의하에 인지는 생략합니다.
* 잘못된 책은 구입한 곳에서 바꾸어 드립니다.

天魔琴

천마금

가나 신무협 장편소설
ORIENTAL FANTASY STORY & ADVENTURE

5
우연

dream books
드림북스

목차

제 1 장	초량과 담천후	7
제 2 장	구희	25
제 3 장	언씨세가	45
제 4 장	서문무희	57
제 5 장	태남 검유기	69
제 6 장	초량의 비밀	87
제 7 장	위류향	103
제 8 장	혈랑대(血狼隊)	115
제 9 장	서문세가(西門世家)	133
제 10 장	사도치	143
제 11 장	망혼객	155

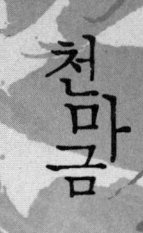

천마금

제12장	적풍단	169
제13장	홍예몽	177
제14장	담천후	191
제15장	우연(偶然)	207
제16장	악소명	219
제17장	파탄(破綻)	235
제18장	변화	259
제19장	북해빙궁	283
이야기 하나		299
이야기 둘		301
작가 후기		304

제 1 장
초란과 담천후

1.

천재(天才).

사람들은 남들보다 뛰어난 자를 그렇게 부른다고 한다.

그렇다면 나는 아마도 상당한 천재일 것이다.

모든 일이든 한 번 보는 것만으로도 쉽게 해낼 수 있었으니까.

나에겐 세상 모든 일이 쉬웠다.

그것이 학문이든, 무공이든······.

이 세상에 어려운 것이란 나에게는 존재하지 않았다.

나는 그래서 처음에는 이 재능을 하늘이 내린 축복이라 생각했던 것 같다.

그 생각 덕분에 의욕적으로 세상에 존재하는 모든 것들을 배워 가기 시작했기 때문이다.

그러나 그것도 딱 서른 살까지였다.

나는 빠르게 시들어 가기 시작했다.

서른 살이 지나자 갑자기 세상 모든 것이 재미가 없어진 것이다.

나는 모든 것에 의욕을 잃고 급속도로 병들어 갔다.

그것은 육체적인 병이 아닌 정신적인 병이었기에 더욱 치명적이었다.

사는 것이 점차 재미가 없어졌다.

무엇을 하든 금세 흥미를 잃어버렸다.

나는 방구석에 틀어박혀 하루 종일 아무것도 하지 않고, 아무것도 생각하지 않았다.

무기력하고 나른한 나날의 반복.

몰락(沒落).

그랬다.

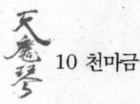

그것을 몰락이라 한다면 나라는 인간은 그렇게 조용히 몰락해 가고 있었던 것이라고 할 수 있다.

그 몰락의 한가운데에서 나는, 나의 재능이 사실은 하늘이 내린 축복 따위가 아니라 내게 권태의 지옥을 경험하게 하기 위한 저주가 아닌가 의심하기 시작했다.

아마 그때쯤일 것이다.

그놈이 찾아온 것은.

푸른색 도복에 독특한 모양의 나무 지팡이를 들고 있던 그놈은 얼굴 전체에 괴이한 문신을 하고 있었다.

그놈은 나를 보자마자 대뜸 말했다.

"세상을 바꾸고 싶지 않나?"

그 말을 가만히 듣고 있었던 것은 아마 변덕이었을 거다.

보통이라면 당장 쫓아냈겠지만 놈의 특이한 행색에 변덕을 부려 보았다.

일단 차를 한 잔 내어주고 놈과 자리에 마주 앉았다.

마주하고 보니 놈이 제법 내 호기심을 자극할 만한 특이한 행색을 하고 있다는 것이 눈에 띄었다. 그래서 되물었다.

"어떻게?"

"지금보다 더 재미있게."

"재미라……."

재미라는 단어 역시 제법 나쁘지 않은 선택이었다.

이놈처럼 내가 은거해 있는 동안 귀찮게 찾아와 힘을 빌려달라고 했던 놈들은 꽤 많았다.

하지만 나는 단 한 번도 움직이지 않았다.

억만금을 준다고 해도 흥미가 동하지 않으면 응하지 않았고, 내 흥미를 동하게 할 이야기를 들고 온 놈 따위는 없었기 때문이었다.

그에 비해 이놈은 일단 내 흥미를 동하게 했다는 면에서는 합격점을 줄 수 있었다.

"가능할까?"

"날 믿고 따라오기만 하면 돼."

"널 믿고 따라가면 세상을 바꿀 수 있다, 이건가?"

"그래."

그때 아마 난 얼핏 웃었던 것 같다.

그 웃음으로 인해 마음이 조금 풀어졌나 보다.

그제야 놈의 모습이 눈에 제대로 들어왔다.

특이한 행색을 한 겉모습이 아닌, 내면의 본래 모습이 조금이나마 눈에 들어온 것이다.

놈에게는 무공을 익힌 흔적도, 그 어떤 날카로움이나 견고함도 없었다.

하지만 눈을 사로잡는 기이함.

그 어느 것에도 흥미를 잃은 내 눈을 사로잡는 신묘한 기

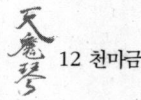

이함이 있었다.

그것은 자신에게 대단한 자신감이 있는 놈만이 보여 줄 수 있는 그런 특유의 기세였다.

그러고 보니 부탁하러 온 주제에 고개를 빳빳이 세우고 있는 놈은 이놈이 처음이었다.

이건 뜻밖에도 만만히 생각할 놈이 아닐지도 모른다는 생각이 문득 뇌리를 스쳤다.

난 수염이 듬성듬성 나서 까칠해진 턱을 한 번 쓰다듬고 물었다.

"그런데 넌 내가 누구인 줄은 알고 온 거냐?"

내 질문에 놈은 곧장 대답했다.

"물론, 잘 알고 왔지. 이건 꽤나 중요한 일이라 아무에게나 맡길 수 없거든."

"그럼 날 움직이기 위해 뭘 해야 하는지도 알고 있고?"

놈이 처음으로 웃음을 보였다.

잇몸이 드러나 보이도록 환한 웃음이었다.

헌데 그 웃음에 왠지 모르게 전신의 근육이 찌릿찌릿 긴장이 되는 것이 느껴졌다.

내가 입술 끝을 실룩거릴 때 놈이 말했다.

"듣자 하니 꽤 재미있는 내기를 즐긴다던데?"

"그래, 아주 재미있는 내기지."

나도 놈의 얼굴을 똑바로 쳐다보며 마주 웃어 주었다.
정말 오래간만이었다.
이런 독특한 긴장감은…….
나는 손가락 관절을 천천히 풀어 주며 말했다.
"무얼 잘하지? 아, 그전에 네 이름이나 좀 알자. 아직 이름도 몰랐네."
놈은 약간 씁쓸한 얼굴로 대답했다.
"내 이름은 초량(草兩). 전생의 번뇌(煩惱)를 현생까지 짊어지고 있는 불쌍한 중생이지."
그게 놈과 나의 첫 만남이었다.

2.

"스승님?"
나는 누군가의 음성에 감고 있던 눈을 천천히 떴다.
아직 흐릿하게 보이는 눈앞에 냉정한 인상의 젊은 놈이 보였다.
'뭐야, 이놈은? 스승님이라고? 누가? 내가?'
잠시 얼굴을 찌푸리며 보고 있는데 놈이 재차 입을 열었다.

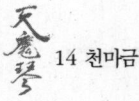

"괜찮으십니까? 많이 피곤해 보이십니다."

놈의 음성을 다시 듣자 그 순간 나는 이곳이 어떠한 곳인지, 내가 무엇을 하던 중이었는지, 나를 스승이라 부르는 젊은놈이 누구인지까지 퍼뜩 떠올랐다.

그와 동시에 트릿한 웃음이 입술을 비집고 흘러나왔다.

"크크, 쓸데없는 걱정이다."

내 이름은 담천후.

천마신교를 창시한 최초의 마.

마중마(魔中魔) 천마 담천후가 아닌가.

"왜 왔느냐?"

천자후.

천마 담천후의 흑혈을 처음으로 받아들인 제자인 천자후는 잠시 뜸을 들이다가 결국 무언가 커다란 결심이라도 한 듯이 비장한 얼굴로 입을 열었다.

"스승님께서 천하삼패의 고수들과 생사비무를 준비하고 계신다 들었습니다."

"그래."

하나씩 하나씩 천하삼패의 수뇌부들을 제거한다.

매우 단순하고 효율적인 방법이다.

하지만 천자후는 심각한 얼굴로 입을 열었다.

"너무 위험합니다."

천마 담천후의 눈가에 경련이 일어났다.

"위험? 이 나에게 위험이라는 단어가 어울리는 것 같으냐?"

"……."

되묻는 천마 담천후의 말에 천자후는 입을 다물었다.

그와 동시에 천자후의 전신을 짓누르는 무형의 압력.

그것은 무신지경의 고수인 천마 담천후가 무의식중에 발산하는 끈적끈적한 죽음의 기운이었다.

"스승님의 무위에 대해서는 일말의 의심도 하지 않습니다."

"그러면? 대체 뭐가 문제인데 이놈이나 저놈이나 하나같이 난리를 피우는 거냐."

"암습을 당할 수 있기 때문입니다."

천마 담천후는 피식 웃었다.

어이없다는 웃음이었지만 거기에는 약간의 분노도 섞여 있었다.

천마 담천후는 자리에서 일어나서 굳어 있는 천자후에게 천천히 다가갔다.

그리고 무릎 꿇고 앉아 있는 어리석은 제자를 바라보다 그 이마를 가볍게 밀치며 말했다.

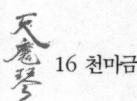

"멍청한 놈, 너 같은 놈이 어떻게 내 흑혈(黑血)을 받아들일 수 있었던 건지 도무지 이해가 되지 않는다."

"……."

천마 담천후가 보기에는 이건 천하를 날로 먹을 기회였다.

과거와 달리 현재의 천하는 매우 이상한 균형 상태를 아슬아슬하게 유지하고 있었다.

단지 세 명이다.

적풍단의 사막왕 야율황.

북해빙궁의 빙백수라왕 능비계.

남만야수문의 야수왕 구휘.

이 셋이 당금 천하를 쥐락펴락하고 있는 형태가 아닌가?

참으로 기형적이고 불균형한 모습이다.

허나 천마 담천후로서는 오히려 좋은 모습이기도 했다.

과거에는 각 지역의 패자들을 일일이 잡아 죽여야만 그 지역을 접수할 수 있었다.

그만큼 번거로웠고, 많은 시간이 걸리는 귀찮은 작업이었다.

하지만 지금은 아니다.

야율황과 능비계, 구휘 이 셋만 죽이면 천하를 쉽게 집어삼킬 수 있다는 말이 아닌가?

이건 천마 담천후의 입장에서 보면 기연과도 닮은 행운이었다.

"언뜻 보면 문제가 없어 보이긴 합니다만……."

천자후는 말끝을 흐렸다.

겉으로 보기에는 그럴싸했다.

계획대로 천하삼패의 주인들을 하나씩 죽일 수만 있다면 이건 꽤 괜찮은 생각 같기도 했다.

허나 이 계획에는 치명적인 단점이 있었다.

그것 하나 때문에 이 계획은 반드시 중지되어야만 한다고 천자후는 생각했다.

"거꾸로 그들 모두의 협공을 받을 수도 있습니다. 전대 교주 역시 그렇게 과욕을 부리다 죽었습니다."

비무라는 것은 서로 날짜와 장소를 정해 승부를 가리는 것을 의미한다.

그렇다는 것은 천하삼패의 주인들이 충분히 사전에 모의를 할 수 있다는 말이었다.

전대 교주였던 신마 백무량.

천하무적을 자랑하던 그조차도 그렇게 짜인 협공에 당해 죽어 버리지 않았던가.

천마 담천후의 얼굴에 음험한 미소가 번졌다.

"협공을 한다고? 그럼 오히려 나한텐 좋은 일이지. 그런 놈들이 둘이든 셋이든 관계없다. 어차피 전부 내 손에 죽을

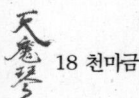

테니까."
 대단한 자신감이었다.
 그 자신감에 천자후의 얼굴은 더더욱 어두워졌다.
 죽을 것이다.
 지금과 같은 시대에 이런 자신감은 자만심일 뿐이었다.
 이런 식으로 스승을 잃고 싶지 않았다.
 평생에 한 번 만날까 말까 한 스승이 자만심 때문에 일을 그르치려 한다. 그러나 대체 어떻게 설득해야 자신의 주장을 받아들여 줄 것인지 감도 잡히지 않았다.
 그런 갑갑함이 얼굴에 드러난 것일까?
 천자후를 보고 있던 천마 담천후는 피식 웃었다.
 "아직도 넌 내가 위험하다고 생각하고 있었더냐?"
 "예."
 천마 담천후는 손가락으로 천자후의 이마를 또 가볍게 밀어내며 말했다.
 "클클, 이거 정말 수습이 안 되는 놈이로군. 역시 너 같은 애송이가 흑혈(黑血)을 받아들인 건 기적이나 다름없다."
 웃어 넘기는 천마 담천후를 천자후는 진지한 얼굴로 바라보며 입을 열었다.
 "천하삼패의 주인들을 얕보시면 안 됩니다. 스승님, 전 스승님을 잃고 싶지 않습니다."

담천후는 웃고 있다가 결국 얼굴을 찡그렸다.

기분이 불쾌해졌기 때문이다.

"네놈, 요새 쓸데없는 참견이 늘었다."

천마 담천후 주변의 기파가 다시 사나워진 것을 느꼈지만 천자후는 멈추지 않았다.

이왕 내친걸음이다.

멈추는 게 오히려 모양새가 이상했다.

천자후는 마른침을 한 번 삼킨 다음 어떻게든 스승을 설득하기 위해 자신이 생각하고 있던 바를 말하기 시작했다.

"스승님, 그들은 모두 무신지경의 고수입니다. 굳이 위험한 모험을 할 필요가 전혀 없습니다. 초고수들의 정면 대결이 아닌 세력 싸움으로 하나씩 제거해 가면 저희 쪽이 압도적으로 유리합니다."

스승과 제자의 눈과 눈이 허공에서 마주쳤다.

흔들림 없는 천자후의 눈을 보던 담천후는 낮게 웃었다.

"안 본 사이에 간덩이가 제법 커졌구나."

"……"

손을 쓸 것이라 생각했는데 뜻밖에도 담천후는 기세를 지웠다.

이놈 딴에는 나름대로 진심을 기울여 스승을 걱정해 주고 있음을 눈치챈 것이다.

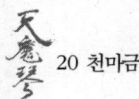

감히 초인의 반열에 올라선 자신의 생사를 걱정하다니.

건방지지만 재미있는 놈이 아닌가?

"네놈은 말이다, 지금 그놈들을 너무 과대평가하고 있다."

"허나 그자들은 스승님과 같은 무신지경의 고수입니다. 결코 쉽게 볼 수 없는 상대가 아닙니까."

"같은……이라……. 그랬군."

담천후는 몸을 일으켰다.

이제야 이놈이 이렇게 쓸데없이 걱정하는 이유를 알 것 같았기 때문이다.

"지금 그놈들이 나와 같다고 생각하고 있느냐? 착각하지 마라, 멍청한 놈."

담천후는 천자후의 눈앞에 손가락을 하나 들어 보였다.

그게 무슨 의미인 줄 몰라 천자후가 어리둥절한 얼굴을 해 보일 때 담천후가 말했다.

"보이느냐?"

"무엇이 말입니까?"

담천후는 대답 대신 행동으로 보여 주었다.

피웃—

무언가가 천자후의 귓불을 스치며 지나갔다.

타는 듯이 화끈한 통증.

천자후에게 상처를 낸 그것은 소리도 없이 뒤쪽에 있는 돌기둥에 깊숙한 구멍을 내고 사라졌다.

"보였느냐?"

담천후의 입가에 그려진 비릿한 웃음.

천자후는 피가 떨어지는 귀를 손으로 만지지도 못한 채 중얼거렸다.

"이게 대체……."

그 어떤 기세도, 기척도 없는 무형의 일격.

"심검이 끝에 다다르면 펼칠 수 있는 거지."

천자후의 동공이 크게 확장되었다.

"그, 그럼 설마? 무형검(無形劍)…… 무형검입니까?"

"크크, 그래. 그거지. 이제 알겠느냐?"

무형검.

그건 전설상에나 가능한, 현존하지 않는다 알려진 경지가 아닌가!

"다른 놈들과 나의 격차는 절대적이다. 그놈들이 무슨 수작질을 해 놓든 상관없다. 떼로 덤벼도 좋지. 어차피 죽는 건 그놈들이 될 테니까."

천자후는 무언가를 말하려 입을 벌렸다가 말고, 다시 무언가를 말하려 말고 우물거리며 입을 닫았다.

확실히 대답할 말이 없었다.

'이건 격이 다르다.'

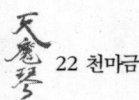

적을 과대평가하고 있던 것은 아니다.

정확하게 보고 있었다.

다만.

'천마의 무공을 너무 과소평가했다.'

오백 년 전에 이미 신이라고까지 불렸던 사내였다.

그 신이라 불린 시절부터 오백 년이 지났다.

제아무리 무신지경의 고수라도 담천후 앞에서라면 애들 장난과 다름이 없으리라…….

어쩌면 담천후의 계획대로 천하삼패의 주인들을 하나하나 제거해 쉽사리 천하를 움켜쥘 수 있을지도 모른다.

천자후의 눈에 뜨거운 열기가 떠올랐다.

천마신교가 다시 한 번 천하의 주인이 될 수 있는 역사적인 순간을 맞이하고 있었기 때문이다.

제2장
구희

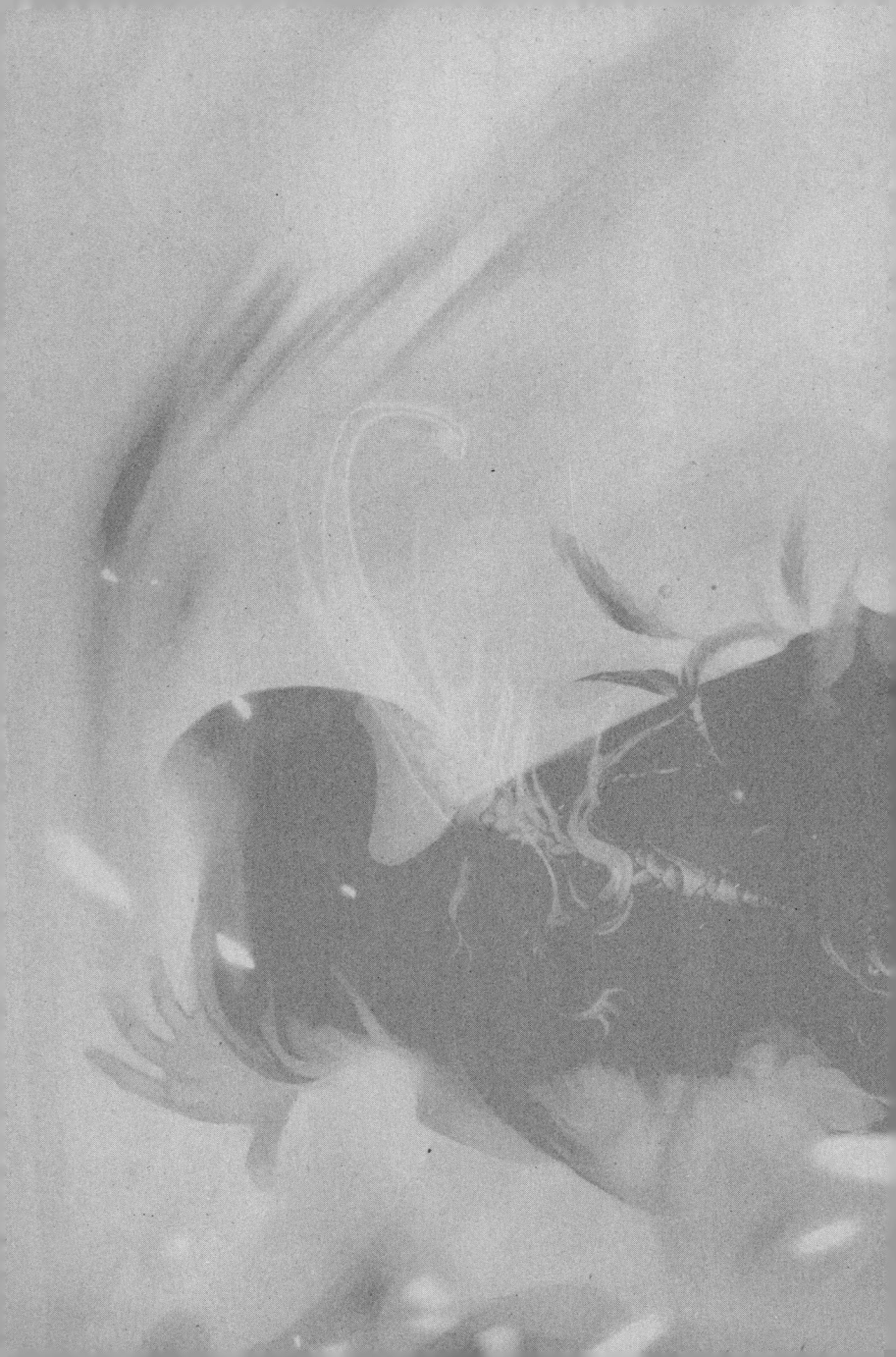

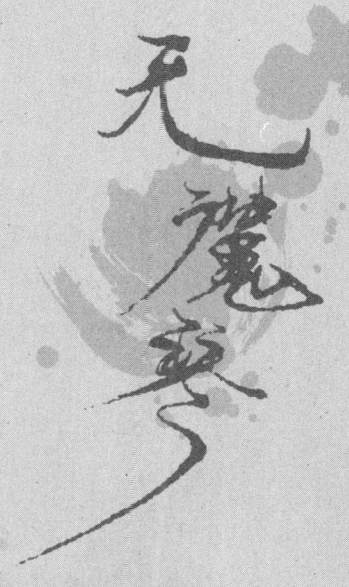

"몰랐었는데 둘 다 용기가 대단하군."

일촉즉발의 상황이었다.

적풍단의 최정예와 북해빙궁의 최정예가 맞부딪치기 직전.

갑작스럽게 등장한 한 사람으로 말미암아 그 부딪힘은 멈출 수밖에 없었다.

"여긴 내 영역이라고 알고 있었는데 착각이었나?"

구릿빛의 단단한 근육.

7척에 이르는 큰 키에 떡 벌어진 어깨.

그리고 차갑게 가라앉은 눈.

"구휘……."

남만의 야수왕 구휘였다.

빙백수라왕 능비계는 갑작스럽게 등장한 야수왕 구휘를 보며 속으로 이를 갈았다.

거치적거리던 사막왕 야율황을 없애 버릴 절호의 기회였는데 야수왕 구휘가 등장해 버린 것이다.

안타까움에 입이 썼다.

그런 안타까움은 사막왕 야율황 역시 마찬가지였던 모양이다.

사막왕 야율황도 몹시 실망스러운 듯한 표정으로 야수왕 구휘를 쏘아보고 있었다.

"뭐야? 애송이, 꼬리를 말고 도망간 줄 알았는데 아니었나?"

반로환동했던 백무량과의 일전.

거기서 큰 충격을 받았던 야수왕 구휘였다.

그 충격 때문에 마치 당장에라도 중원의 영토를 포기할 것

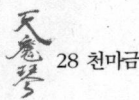

처럼 사막왕 야율황에게 이야기하지 않았던가?

야수왕 구휘는 거기에 대해 아무 말도 하지 않았다.

그저 그 고유의 무표정한 얼굴로 사막왕 야율황을 힐긋 바라보았을 뿐이다.

"본래는 그러려고 했지. 헌데 빚이 있다는 게 생각났다."

"빚? 무슨 빚?"

"흑월회."

"아항, 그놈들이 있었지."

야수왕 구휘는 그놈들에게 아직 받아 내야 할 빚이 있다.

그것도 그냥 빚이 아니다.

혈채(血債)다.

피로 받아 내야 하는 빚인 것이다.

그것을 받기 전에는 남만으로 돌아갈 수 없었다.

"근데 둘 다 아직 할 이야기들이 남은 건가? 원한다면 기다려 주지."

"끙……."

사막왕 야율황과 빙백수라왕 능비계는 입맛을 다시며 둘 다 한 걸음씩 물러섰다.

언젠가 승부를 내야겠지만, 아니 반드시 죽여야겠지만 적어도 지금은 아니었다.

괜히 지금 서둘러 승부를 내는 것으로 야수왕 구휘에게 어부지리를 시켜줄 수는 없는 노릇이니 말이다.

"사막왕께서는 운이 참 좋구만. 하마터면 부처님을 만나 뵈러 가실 뻔했는데 말이야."

"클클, 그러는 네놈이야말로 절에 시주라도 크게 하는 모양이다. 명줄이 제법 길어."

둘은 서로를 바라보며 악담을 하면서도 사람 좋은 미소를 지어 보였다.

조만간 둘 중의 하나는 죽을 것이라는 예감이 강하게 들었다. 그러나 그것이 서로 자신은 아닐 거라고 생각하는 둘이었다.

그때 야수왕 구휘가 입을 열었다.

"능비계, 가기 전에 네가 알아 둬야 할 것이 있다."

"뭔데?"

사막왕 야율황은 야수왕 구휘를 응시했다.

그러다 무언가 생각난 듯이 얼굴을 찡그렸다.

"야, 네놈 설마 그걸 거저 알려 줄 생각이냐?"

야수왕 구휘는 고개를 끄덕였다.

"알아 둬야 할 테니까. 이 녀석은 그럴 만한 자격이 있다."

"쳇. 그냥 뒈지게 내버려 두는 게 좋지 않겠느냐? 살아 있어 봐야 우리한테 득이 될 게 없는 놈인데 말이야. 어때?"

사막왕 야율황의 말에 빙백수라왕 능비계는 불쾌한 표정

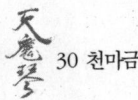

을 지어 보였다.

"지금 두 사람이 무슨 이야기를 나누는 건지 모르겠지만 말이야. 그게 나에 관한 이야기라면 뭐라도 대충 설명해 주는 게 좋지 않을까? 이거 가만히 듣고만 있자니 영 기분이 더러워서 말이지."

빙백수라왕 능비계는 말은 그렇게 하면서도 속으로는 머리를 핑핑 굴리고 있었다.

저 둘이 무언가 숨기고 있다는 것은 당장 그에게 있어서 매우 불리하고 좋지 않은 일이었다.

그럴 리는 없겠지만 지금 당장 저 둘이 손을 잡고 그를 치려고 마음먹는다면 현재 이 상황이 매우 더럽게 꼬일 수가 있었기 때문이다.

야수왕 구휘는 시선을 빙백수라왕 능비계에게로 돌렸다.

"궁금한가?"

"솔직히 호기심은 일어나는구만."

빙백수라왕 능비계는 슬쩍 전음으로 만약의 사태에 대비하라고 수하들에게 언질을 날렸다.

저 둘이 시간을 끄는 것이 왠지 모르게 불길했기 때문이다.

이제 최악의 사태도 염두에 두어야만 했다.

허나 야수왕 구휘는 애초에 협공 따위는 할 생각이 없었다.

그 때문에 그는 그 특유의 무감각한 눈빛으로 빙백수라왕 능비계를 응시한 채 입을 열었다.

"이야기해 주기 전에 하나만 묻지."

"그래. 무엇이 궁금하신가, 우리 야수왕께서는."

빙백수라왕 능비계는 한껏 여유 있는 얼굴로 억지웃음을 지으며 대꾸했다.

현재로서는 될 수 있는 한 최대한 말을 걸며 시간을 끌어야만 했다.

퇴로가 확보될 때까지는…….

여차할 경우 혼자만이라도 몸을 빼낼 수는 있어야 할 테니까.

"천하를 포기할 수 있나?"

"뭐?"

이게 무슨 청천벽력 같은 소리란 말인가?

빙백수라왕 능비계는 미간을 찌푸리고 야수왕 구휘를 바라보았다.

무슨 뜻으로 하는 말인지 파악하기 위해서였다.

그러나…….

'젠장.'

저놈의 속마음은 도무지 짐작조차 할 수 없었다.

헌데 이건 확실히 뜻밖의 일격이었다.

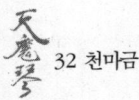

천하에 가장 욕심이 없어 보이던 놈이 이런 소리를 하다니…….

역시 야심을 숨기고 있었던 건가?

지독한 놈이라고 속으로 욕을 해댔지만 겉으로는 느긋함을 가장하며 대답했다.

"자네들이 지금 이 자리에서 손을 잡고 나를 핍박할 생각이라면 나도 어쩔 수 없이 물러서야겠지. 하지만 쉽게 당하지는 않을 거야."

"쯧쯧, 천하의 빙백수라왕께서 말 몇 마디에 쫄기는."

사막왕 야율황이 피식 웃으며 하는 말에 빙백수라왕 능비계는 이를 갈았다.

누구라도 위축될 수밖에 없는 상황이었다.

무려 무신지경의 고수가 둘이다.

그들의 합공의 위력은 같은 무신지경의 고수인 빙백수라왕 능비계가 가장 잘 알았다.

제일 먼저 공들여 키운 수하들이 썩은 짚단처럼 쓰러져 갈 것이다.

무신지경의 고수라는 것은 감히 화경의 고수 '따위'가 막을 수 있는 수준이 아니니까.

그렇다면 이곳에서 그 혼자만이라도 살아서 빠져나갈 수 있다고 하더라도, 감히 천하에 대한 욕심은 이제 부릴 수 없

구휘 33

게 될 것이다.

지금 이 자리에 있는 수하들이 북해빙궁의 최정예들이기 때문이다.

야수왕 구휘는 번뇌에 휩싸여 있는 빙백수라왕 능비계를 바라보면서 고개를 절레절레 저었다.

그가 무엇 때문에 고민하는지 알았기 때문이다.

"빨간 돼지와 손을 잡을 생각은 없다. 안심해라."

"야! 그놈의 돼지 소리는 좀 뺄 수 없겠냐? 수하들도 보고 있는데 창피하게스리……."

사막왕 야율황의 말에 야수왕 구휘는 그답지 않게 의외로 선선히 고개를 끄덕였다.

"미안하군. 경솔했다. 사과하지."

"이미 다 말해 놓고선 사과는 무슨……."

허나 투덜거리는 말과는 달리 사막왕 야율황은 기분이 어느 정도 풀어졌다.

저 목석 같은 야수왕 구휘라는 놈이 이런 식으로 한 걸음 물러선 것은 처음 있는 일이기 때문이다.

"능비계, 그냥 단도직입적으로 말해 주도록 하지."

"말해 보게, 야수왕."

빙백수라왕 능비계는 지금 돌아가는 상황이 어떤 것인지 선뜻 감이 오지 않았다.

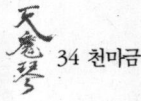

둘 사이에 자신이 모르는 무언가가 있는 것은 확실한데 그것이 자신에게 득이 될 것인지 실이 될 것인지 잘 므르겠다.

이럴 때는 그저 상대방의 반응을 기다리는 수밖에 도리가 없었다.

"신마 백무량, 그 늙은이가 살아 있다."

"……뭐?"

이건 무슨 자다가 봉창 두드리는 소리인가?

신마 백무량이 살아 있다고?

직접 그 늙은 놈의 배를 갈라 버린 당사자가 여기 있는 세 명인데 이게 무슨 개소리란 말인가?

"믿기 어렵겠지만 사실이다. 직접 두 눈으로 봤으니까."

본 것뿐만이 아니라 직접 붙어서 깨졌다는 말은 차마 하지 못했다.

야수왕 구휘 역시 그 부분에 대해서는 자존심 때문에 쉽사리 이야기하기 힘들었던 것이다.

능비계는 얼굴을 찡그린 채로 사막왕 야율황과 야수왕 구휘의 표정을 살펴보았다.

처음엔 농담하지 말라는 얼굴이던 그의 표정이 점차 딱딱하게 굳어 가기 시작했다.

"……사막왕, 혹시 이 재미없는 농담이 진짜인가?"

"저 재미없는 놈이 이런 걸로 농담 따먹기나 할 놈으로 보였던가, 빙백수라왕께서는?"

사막왕 야율황의 핀잔에 빙백수라왕 능비계는 결국 입을 다물었다.

확실히 믿기 어려웠다.

허나 지금 이 상황에서 야수왕 구휘가 굳이 이런 말을 지어낼 필요가 있을까?

머릿속이 혼란스러워졌다.

그때 야수왕 구휘가 입을 열었다.

"천마신교가 움직이고 있다는 소식을 들었다."

"그 늙은이 참 빨리도 움직이는군."

사막왕 야율황이 혀를 차며 말하자 빙백수라왕 능비계가 고개를 끄덕였다.

"그 소식은 나도 들었다. 적풍단에서 감숙성을 그냥 내줬다더군."

"뭐? 누가 뭘 내줘?"

사막왕 야율황의 얼굴이 흥분으로 붉게 달아올랐다.

전혀 모르던 사실이었기 때문이다.

"역시…… 그럴 것이라 생각했지만 사막왕께서는 모르고 계셨나?"

"젠장, 야율중달 그놈이……."

이를 부득부득 갈며 분통해하던 사막왕 야율황은 곧 무언가를 떠올리곤 억지로 흥분을 가라앉혔다.

"아니…… 차라리 잘한 일일지도 모르겠군. 천마신교에는 지금 그 영감쟁이가 있으니까."

신마 백무량이 그곳에 있는 한, 정면으로 맞서 싸우는 것은 피해야 하는 것이 옳았다.

그때까지 가만히 있던 야수왕 구휘는 눈을 빛내며 말했다.

"야율중달…… 네가 데리고 있는 사람인가?"

"그래."

"대단하군. 어떻게 알고 피했던 거지?"

"그거야……."

입을 열어 무언가를 말하려던 사막왕 야율황은 곧 무언가를 깨닫고 턱을 쓰다듬으며 입을 다물었다.

그 녀석으로서는 알 방법이 없었다.

그런데 어떻게 눈치를 채고 충돌을 피한 것일까?

그곳에 누가 있다는 정보도 전혀 없던 상황이었을 텐데.

이건 엄청나게 현명한 행동 아닌가?

"확실히 사막왕 밑에 있기에는 아까운 재능이지. 나에게 보내 주는 게 어때?"

"시끄러워."

빙백수라왕 능비계는 이제 농담까지 던지며 유들유들하게 웃어 보였다.

인제야 상황 파악이 끝난 것이다.

천마신교가 갑작스럽게 움직여서 의아했었는데 백무량이 살아 있다면 모든 것의 아귀가 딱딱 들어맞는다.

허나 이것은 빙백수라왕 능비계의 입장에서는 매우 불쾌한 일이었다.

"그래, 백무량 그 늙은이가 살아 있다 치면, 아니……. 그래, 믿기 어렵지만 야수왕의 말을 속는 셈 치고 믿어 보지. 그럼 야수왕의 말은 놈이 살아 있으면 애써 먹은 천하를 그냥 내주자는 말인가?"

"그것을 묻기 위해 여기 왔다."

야수왕 구휘는 진지한 얼굴로 빙백수라왕 능비계를 뚫어져라 바라보았다.

그리고 말했다.

"나는 평소에 너를 별로 좋아하지 않았다."

"이거 참 갑작스러운 고백이군. 흥분되는데?"

빙백수라왕 능비계의 비아냥에도 야수왕 구휘는 표정 변화 없이 꿋꿋이 자기 할 말만 했다.

"그래도 네 머리는 제법 쓸 만하다고 생각하고 있었다."

"그거 고맙구만."

야수왕 구휘는 입을 다물었다.

이제 빙백수라왕 능비계의 생각을 들어 볼 차례였으니까.

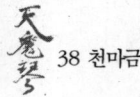

그러나 빙백수라왕 능비계는 침묵을 지키며 필사적으로 생각했다.

방금 들었던 말이 사실이라면 모든 것이 엉망진창으로 변해 버렸다.

'그전에 한 가지 확인해야 할 것이 있지.'

계획을 짜기 전에 분명히 알아야 할 것이 있었다.

사실 이미 짐작이 가지만 그래도 확실한 게 좋으니까 말이다.

"하나만 묻지. 내가 뭘 물을지 야수왕께서는 짐작하고 계시겠지?"

야수왕 구휘의 얼굴에 처음으로 변화가 생겼다.

그것은 너무도 선명한 빛을 띤 괴로움이었다.

"네가 지금 생각하고 있는 것이 맞다."

"호오…… 그렇단 말이지."

빙백수라왕 능비계.

그는 턱을 쓰다듬으며 애써 놀라움을 숨겼다.

짐작했던 일이지만 이놈들은 이미 백무량과 손속을 나눈 모양이다.

결과는 일방적인 패배.

둘이서 협공을 했는데 결과가 패배라면 셋이 덤벼도 크게 달라지지 않을 것이다.

무언가를 생각하던 빙백수라왕 능비계의 눈동자가 크게 흔들렸다.

"설마 여의지경(如意之境)?"

빙백수라왕 능비계의 중얼거림에 야수왕 구휘와 사막왕 야율황의 얼굴이 동시에 일그러졌다.

그 둘의 표정을 본 빙백수라왕 능비계의 얼굴이 하얗게 질렸다.

"그게 진짜 존재한다는 말인가?"

"……."

무언의 긍정.

빙백수라왕 능비계의 얼굴이 하얗게 질린 채로 찌그러졌다.

무신지경.

초인의 경지라 알려진 무신지경이다.

허나 이보다 한 단계 더 위의 경지가 있었다.

문헌상에나 존재하는 신선들의 경지.

비와 바람을 부리고 천둥과 번개를 다룬다는 경지가 바로 여의지경이다.

"하……하하. 이게 무슨 말도 안 되는 소리지? 나더러 지금 이 개소리를 믿으라는 건가?"

야수왕 구휘는 침착한 얼굴로 물었다.

"어떻게 할 거지?"

"뭘 어떻게 한다는 말이냐?"

빙백수라왕 능비계는 늘 여유롭던 표정을 굳히고 벌컥 언성을 높였다.

상대가 인간이 아니라면 무신지경에 올랐을 뿐인 인간에게 대책이 있을 리가 만무하다.

그때 야수왕 구휘는 빙백수라왕 능비계를 똑바르 바라보며 물었다.

"이번 기회에 확실히 물어보마."

"뭘?"

"파운은 네가 죽였겠지?"

뜬금없는 일격이었지만 빙백수라왕 능비계는 당황하지 않았다.

"그게 무슨 개소리지?"

"지금 이런 상황에서까지 발뺌을 할 생각이라면 해도 좋겠지."

야수왕 구휘의 말에 사막왕 야율황은 얼굴을 찡그렸다.

"뭐야? 그 늙은이를 벌써 처리한 거였어? 생각보다 능력 있는데, 빙백수라왕께서는? 다시 봤어."

빙백수라왕 능비계는 정색하는 얼굴을 풀고 입맛을 다셨다.

야수왕 구휘는 확실히 방심할 수 없는 녀석이었다.

대체 어디까지 알아낸 것일까?

빈틈없이 처리했는데 어떻게 알아낸 거지?

"동해의 해적왕 파운이 죽었다는 것은 나도 얼마 전에야 듣게 되었지. 참으로 애석한 일이야."

야수왕 구휘는 흐릿하게 웃었다.

빙백수라왕 능비계가 왜 끝까지 숨기려는지 그 이유까지는 알 필요가 없었다.

이만하면 스스로 인정한 셈이다.

현재 그의 죽음에 대해 알고 있는 사람은 파운을 직접 죽인 사람 외에는 없을 테니까.

"너도 방법이 없다면 그자에게 연락을 해 보아야겠군."

"그자? 누구?"

사막왕 야율황이 궁금한 얼굴로 묻자 야수왕 구휘는 빙백수라왕 능비계를 힐긋 바라본 후 입을 열었다.

"정유기."

"그놈이 누군데?"

빙백수라왕 능비계는 야수왕 구휘의 말에 얼굴을 굳혔다.

별로 떠올리고 싶지 않은 이름을 뜻밖의 상황에서 들었기 때문이다.

"그 잡종 놈을 어떻게 알고 있는지 모르겠지만…… 그놈

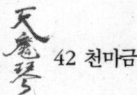

에게 연락을 해서 대체 무엇을 얻으려고 하시나, 야수왕께서는?"

"호흡이 상당히 거칠어졌군, 능비계."

"흐으…… 나도 잊고 있었던 불쾌한 이름을 오랜만에 들어서 말이야."

빙백수라왕 능비계는 호흡을 가다듬었다.

괜히 흥분해서 야수왕 구휘에게 쓸데없는 정보를 넘겨주기는 싫었기 때문이다.

사막왕 야율황은 야수왕 구휘와 빙백수라왕 능비계의 대화를 흥미진진한 얼굴로 바라보며 한 걸음 뒤로 물러서서 듣고 있었다.

그로서는 처음 듣는 이름이었다.

허나 둘의 이런 반응을 보아하니 호기심이 생겨 버렸다.

"야수왕께서는 그놈에 대해 어디까지 알고 있지?"

야수왕 구휘는 살기로 번들거리는 빙백수라왕 능비계의 눈을 보다가 슬쩍 시선을 사막왕 야율황에게로 돌린 후 입을 열었다.

"거의 전부."

"빌어먹을……."

빙백수라왕 능비계는 욕설을 내뱉으며 야수왕 구휘를 쏘아보았다.

"앞으로 입을 열 때는 항상 주변에 누가 있는지 없는지 확인하도록 해. 야.수.왕."

빙백수라왕 능비계가 자신의 별호를 한 글자 한 글자 힘주어 말하는 것을 듣던 야수왕 구휘는 갸웃거렸다.

"지금 그건 날 겁주려는 건가?"

"제대로 보았군, 야수왕."

빙백수라왕 능비계의 살벌한 대답에 야수왕 구휘는 흐릿하게 웃었다.

"실로 오랜만에 받아 보는 협박이군."

"조심하는 게 좋을 거야."

짐승같이 으르렁거리며 빙백수라왕 능비계가 위협했지만 야수왕 구휘는 그저 묘한 미소만을 입가에 그릴 뿐이었다.

그러다 그가 다시 입을 열었다.

"열흘 후에 만나도록 하지. 따로 연락들을 넣어 주겠다."

그렇게 약간의 호기심과 긴장을 남긴 채 천하삼패의 주인들은 각자의 길로 되돌아갔다.

제3장
언씨세가

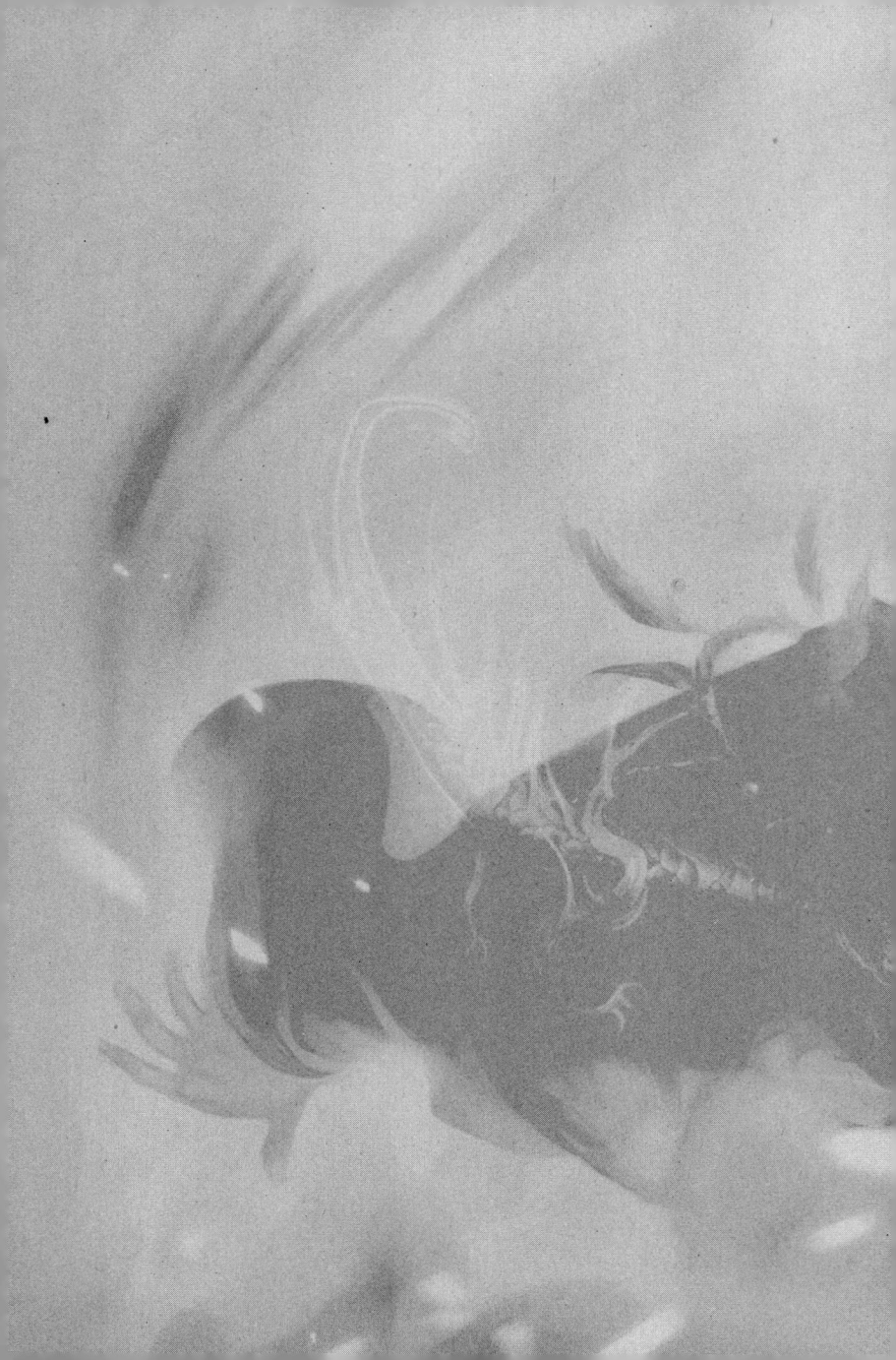

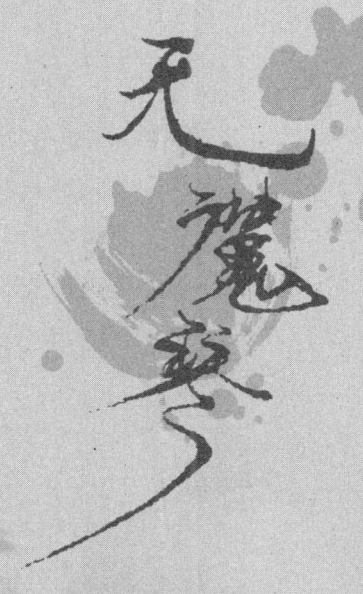

"건강한 육체에 건강한 정신이 깃든다. 이것은 모든 무도의 기본이다."
"예, 그렇죠. 숙부님."
너무도 당연한 말.
뜬금없이 무슨 이유로 이런 말을 하는 것일까?

언명운은 의아한 생각이 들었다.
"허나 이것은 잘못된 말이기도 하다."
"예? 어디가요?"
"원문은 '건강한 육체에 건강한 정신이 깃들었으면 좋겠다. 혹은, 건강한 정신이 깃든다면 참으로 좋으련만.' 이게 맞는 말이지."

언명운은 멍한 눈길로 숙부이자 무공 사부인 언주용을 바라보았다.

평소에 늘 딱딱하고 원론적인 이야기만 하는 숙부였는데 오늘은 시작부터가 너무 파격적이었다.

언주용은 조카의 멍청한 시선에 잠시 헛기침을 해 보이고는 나직하게 입을 열었다.

"며칠 전, 네 호위 무사의 무공을 직접 눈으로 보았었지?"
그 말에 언명운은 몸을 움찔 떨었다.
"예."
"어떻더냐?"
언명운은 선뜻 대답하지 못했다.
뭐라고 말을 해야 좋을지 몰랐기 때문이다.
잠시 망설이던 언명운은 결국 조심스럽게 입을 열었다.
"압도적, 그 말 외에는 생각나는 게 없어요."
무랑.

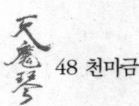

언명운의 호위 무사.

그는 창칼로 무장했던 마교의 고수들을 맨손으로 산산이 부숴 버렸다.

잔혹하고 무정한 손놀림.

이 세상에 그를 막을 수 있는 것이란 없을 것만 같았다.

그 정도로 무시무시했다.

허나 무랑이 그렇게 손을 쓴 것은 모두 언명운, 그를 지키기 위한 행동이었다.

고마웠다.

하지만 그 일이 있던 다음부터 이상하게 몸이 무겁게 느껴졌다.

그리고 자꾸 나른하고 전신이 무기력했다.

"화경의 경지라는 게 본래 그러한 것이다. 네가 경외감을 느끼는 것도 무리는 아니지. 아니……."

언주용은 잠시 턱을 쓰다듬다가 느릿하게 말을 이었다.

"이건 경외감이 아니지. 오히려 열등감에 더 가깝겠구나."

"……."

열등감.

그 단어가 언명운의 가슴을 후벼 팠다.

확실히 열등감이 맞을 것이다.

기억을 잃고 있다지만 무랑이라는 존재는 언명운에게 가

히 충격적이었다.

본인과 나이 차이도 얼마 나지 않아 보이는데 그런 엄청난 무공이라니…….

열등감이 느껴지지 않는다면 그게 오히려 거짓말일 것이다.

"네가 가지고 있는 그 기분. 나는 십분 이해할 수 있다."

"예?"

언주용은 씁쓸한 얼굴로 잠시 말을 잇지 못했다.

그러다 시선을 하늘로 돌리며 힘겹게 말을 이었다.

"나 역시 어린 시절 지금의 가주를 보며 너와 비슷한 기분을 느꼈으니까."

언명운은 그제야 언주용의 말이 이해가 된 듯 어색한 얼굴로 뒷머리를 긁적였다.

현재 언씨세가의 가주인 언극륜은 언씨세가 백 년 내 최고 기재라 손꼽히는 고수였다.

나이는 그다지 많지 않았지만 벌써 세가의 원로 고수들도 이루지 못했던 화경의 경지에 도달하지 않았던가.

"저는…… 아버지와 달라요."

"물론 다르지. 너는 네 아버지와는 아주 다른 사람이다. 너에게는 그와 같은 천재적인 재능이 없거든."

천재라 불리는 언극륜.

그 피를 이어받은 언명운이었지만 무공에 대한 재능은 보통 정도도 되지 않는 것 같았다.

그것이 언주용의 솔직한 생각이었다.

언주용이 내심을 슬쩍 밝혔을 뿐인데 그의 솔직한 발언에 언명운은 잔뜩 풀 죽은 얼굴을 해 보였다.

'확실히 배짱도 없지.'

배짱이라도 있으면 조금이나마 더 나으련만 그것조차 없으니 스승으로서 조금 답답한 심정이었다.

그런 언주용의 마음을 아는지 모르는지 언명운은 잔뜩 웅크린 어깨를 한 채로 자신을 자책하고 있었다.

'나도 알아. 내가 재능이 없다는 것쯤은…… 나도 진작에 알고 있었다고…….'

그 본인이 생각하기에도 자신이 무공에 재능이 없다는 것은 인정할 수밖에 없는 현실이었다.

아무리 노력해도 안 되는 건 안 되는 거다.

재능이 없으니까.

아버지와 달리 평범하니까.

그 현실을 잘 알고 있었지만 그래도 이렇게 면전에서 직설적으로 말할 필요는 없지 않나 싶었다.

속으로 몰래 섭섭한 마음을 품고 있을 때 언주용이 다시 입을 열었다.

"너는 네 아버지보다, 그리고 네 호위 무사보다 무공에 대한 재능이 없다, 그건 확실하지. 허나 그들보다 더욱 뛰어난 점이 딱 한 가지 있다. 그게 무엇인 줄 아느냐?"

"저에게도…… 그런 게 있나요?"

언명운의 놀란 음성에 언주용은 빙그레 웃으며 말했다.

"너는 그들보다 더 많은 좌절과 더 많은 실패를 맛보고 있다. 너에겐 그게 가장 큰 장점이지."

"그, 그게 장점인가요?"

순간 놀리는 건지 아니면 농담하는 건지 감이 잡히지 않았다.

"물론이지. 그건 훌륭한 재산이다. 무공을 익히는 데 있어서 실패와 좌절보다 중요한 것은 없거든."

언주용의 칭찬을 잔뜩 기대하고 있던 언명운은 결국 실망한 눈빛을 숨길 수 없었다.

그리고 속으로 한숨을 내쉬었다.

가껏 제자의 재능을 칭찬할 것이 실패와 좌절뿐이라니…….

정말 어지간히도 칭찬할 게 없었나 보다.

그렇게 언명운이 다시 자책하며 시무룩해 있자 그 모습이 마음에 들지 않았는지 언주용은 곧장 가볍게 손을 휘둘렀다.

따악—

언명운은 대낮에 빙글빙글 도는 별을 보았다.

"아윽!"

얼굴을 찡그리며 아픈 이마를 문지르는 언명운을 보며 숙부 언주용이 말했다.

"확실히 너는 그들과 비교해서 장점보다는 단점이 더 많지. 그러니 그들보다 더 많이 노력해야 한다. 그러면 되는 거야."

"……정말 노력으로 가능할까요?"

언주용은 곧장 대답하지 않고 잠시 뜸을 들였다.

이런 대답은 바로 말을 하면 오히려 신뢰감이 떨어지는 법이라는 것을 잘 알고 있기 때문이다.

"물론이지. 천천히 가도 목적지에만 도달하면 되는 거다. 욕심을 낼 필요가 없는 거야. 일단 한 걸음씩 차근차근 성장해 나간다는 게 중요하지."

"한 걸음씩 차근차근……."

언명운이 숙부 언주용의 말을 곱씹고 있을 때 그가 다시 말했다.

"그러니 일단 시작은 네 이 흐리멍덩한 태도부터 고치는 것으로 해 보자."

"예에?"

그게 무공과 무슨 상관인 걸까?

언명운이 의아해하면서도 자세를 똑바로 잡는 모습을 보며 언주용은 속으로 쓴웃음을 짓고 있었다.
　사실 마지막에 했던 노력하면 된다는 말들은 언명운에게 하는 말이라기보다는 본인 자신에게 던지는 위로와도 같았다.
　그 역시 젊었던 시절 괜한 열등감에 사로잡혀 무리한 연공을 하다가 몸을 망쳐 보지 않았던가?
　그때 깨달았어야 했다.
　태어날 때부터 그릇의 크기가 다른 사람이 있다는 사실을……
　그것을 인정하고 자신의 길을 갔더라면…….
　그랬다면 어쩌면 목표했던 곳에 도달했을지도 몰랐을 것을…….
　'인제 와서 생각해 봐야 부질없지.'
　여태까지는 욕심을 부렸다.
　그래서 언명운에게 무리인 것을 알면서도 반은 강제로 꾸역꾸역 무공을 가르쳤지만 지금부터는 아니다.
　이래서는 과거 언주용.
　본인의 전철을 되밟는 것과 다름이 없었으니까.
　이 길의 끝에 무엇이 있는지 누구보다 잘 알고 있지 않았던가?

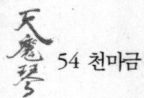

아무것도 이루지 못하고 뒷방 늙은이로 시들어 가는 자신의 복제품.

언명운에게 그런 비참한 기분을 느끼게 만들 수는 없었다.

그래서 언주용은 아예 모든 방법을 바꿔 보기로 마음먹었다.

"오늘부터 한동안 연무(鍊武; 무공을 단련하다)는 하지 않는다."

"예? 정말요?"

"그렇게 좋더냐?"

"예! 아, 아니요."

언명운이 급하게 기쁜 기색을 숨길 때 언주용이 다시 말했다.

"당분간이다. 그러니 그동안 쉬면서 머리나 식히고 있거라."

"예, 숙부님."

"가 보거라."

기쁜 걸음으로 사라져 가는 언명운의 뒷모습을 보며 언주용은 고개를 저었다.

처음부터 무공이라는 것에 흥미를 가지게 했어야 옳았다.

인정하기 싫었지만 이제는 수긍해야 했다.

틀렸다.

확실히 자신이 가르친 수련 방식에는 크나큰 오류가 있었다.

"그래도…… 이제라도 깨달아서 다행이지. 게다가 얻은 것이 전혀 없지는 않으니까……."

언명운은 좋고 싫음이 분명하고 남을 속이지 못한다.

지난 몇 년간은 이 아이의 성격을 파악하는 데 썼다고 생각하기로 했다.

"그리고 보니 나도 근래에 연무를 하지 않았군……."

언주용은 오랜만에 자신의 몸을 점검해 보며 피식 웃었다.

언명운을 닦달할 게 아니라 본인 스스로부터 바뀌어야 되겠다는 것을 깨달았기 때문이다.

제4장
서문무희

무랑.

그는 며칠째 같은 꿈만 계속 반복해서 꾸고 있었다.

『……필요해.』

꿈속에서 그는 끝도 없이 깊은 검은 물속에 빠져 허우적거리고 있었다.

위로 올라가려 힘들게 발버둥쳐 보았지만 몸은 무거운 쇳덩이처럼 점점 아래로 가라앉을 뿐이었다.

부글—

꽉 다물고 있던 입에서 결국 마지막 숨결이 빠져나갔다. 괴로웠다.

『……힘이, ……힘이 필요해.』

한참을 발버둥치던 사내는 결국 힘이 빠진 채 무기력하게 어두운 바닥으로 가라앉았다.

육신이 바닥에 닿는 순간.

주변이 유리알이 깨지듯 산산이 조각나며 꿈에서 깨어났다.

무랑은 눈을 뜨고 잠시 멍한 눈으로 주변을 둘러보았다.

네모반듯한 천장.

넓지는 않았지만 그렇다고 좁지도 않은 방이 시야에 들어왔다.

잠시 동안 주변의 사물을 둘러보던 그는 침상에서 천천히 일어났다.

그리고 터벅터벅 걸어 창가에 앉았다.

약간 초점 없이 풀린 눈.

그는 멍하게 마당의 어느 한 곳을 응시했다.

'나는 그렇게나 힘이 필요했던 건가…….'

너무나도 강렬한 욕망.

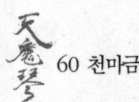

화 노인에게 들은 게 사실이라면 며칠 동안 계속 반복되는 꿈은 아마도 과거의 기억 중 일부분일 것이라고 했다.

대체 과거의 자신은 무엇 때문에 이토록 간절하게 힘을 원했을까?

'그 무엇도 뛰어넘을 수 있는 절대적인 힘……'

과거의 자신이 원하던 것은 그런 힘이었다.

그리고 그런 힘을 원하는 욕구와 더불어 느껴지는 것은 너무도 선명한 하나의 감정.

'원한(怨恨)……'

전신에 소름이 돋을 정도로 지독한 원한이었다.

대체 무엇에 대한 원한일까?

도대체 무엇이기에 과거의 자신은 이토록 뼈에 사무치는 복수심을 마음에 품고 있었을까.

'모르겠다.'

무랑은 창가에 머리를 기대었다.

어쩌다 한 번씩 과거의 기억을 떠올리려고 할 때마다 왠지 모를 불안감이 전신에 엄습해 왔다.

다시는 빠져나올 수 없는 찐득하고 끈끈한 수렁으로 발을 담그는 느낌이랄까?

무랑은 창가에 턱을 괴고 앉아서 머리를 긁적였다.

어쩌다 한 번씩 단편적으로 떠오르는 기억들도 하나같이

유쾌하지 않은 것들뿐이었다.

그런 과거라면 굳이 힘들게 떠올릴 필요가 있나 싶었다.

'천천히 하는 거다.'

급할 필요는 없었다.

사내는 조금 느긋하게 마음먹기로 했다.

그리고 느릿느릿 움직여 자신의 주먹을 물끄러미 바라보았다.

아무것도 없는 빈손.

갓 태어난 아기의 손처럼 보드랍고 매끄러웠지만 이 손은 얼마 전에 스무 명에 가까운 사람들을 저승으로 보낸 무서운 흉기였다.

'나는 분명히 아무런 무공도 기억하고 있지 못한데……'

확실히 이상한 일이었다.

마교의 무인들과 조우했을 때.

머리에 기억나는 무공이라고는 언씨세가의 무공인 흑살삼십육도뿐이었다.

문제는 그것으로는 감당이 되지 않을 만큼 적들이 강했다.

허나 전혀 두렵지 않았다.

어떻게든 될 것이라는 막연한 믿음.

그리고 그들과 부딪치는 순간 그 믿음이 어디서 나오는 것인지 알 수 있었다.

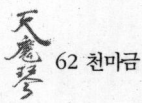

비록 머리는 무공을 잊었어도 육신은 과거에 익혔던 무공들을 전부 기억하고 있었던 것이다.

'이렇게 했었던가……'

무량은 조심스럽게 손을 뻗어 허공에 가볍게 휘저어 보았다.

그러자 바람이 그의 손짓에 따라 묘하게 휘어지고 비틀어졌다.

잠시 그 모습을 감상하던 무량은 곧 흥미를 잃었는지 다시 턱을 괴고 앉아 마당을 멍하니 바라보았다.

무공이야 사실은 어찌 되어도 좋았다.

과거에야 힘을 원했었는지는 몰라도 지금은 딱히 무공이 필요하다거나, 지금 가지고 있는 힘이 부족하다고 느껴지지 않았기 때문이다.

심지어 과거의 기억조차도 무량은 별 관심이 없었다.

자신이 어떤 사람이었는지, 어떤 생각을 하고 있었는지 궁금하다는 약간의 호기심.

그것이 전부였다.

간절하지 않은 것이다.

무량은 옆으로 손을 뻗어 거무튀튀한 칠현금을 만지작거렸다.

요즘에 무량을 고민스럽게 하는 것은 다름 아닌 바로 이

칠현금이었다.

톡톡—

천천히 칠현금을 손가락으로 치던 무랑은 현을 가볍게 튕겼다.

키이잉—

귓가에 울리는 기음.

동시에 사방이 고요해졌다.

숨 막힐 듯한 침묵 속, 그 사이로 언제나처럼 그녀가 보였다.

묘령의 여인.

칠현금을 키면 눈앞에 모습을 드러내는 신비로운 여인이었다.

허나 안타깝게도 칠현금을 키게 되면 아무런 소리도 들리지 않았다.

그 때문에 여인이 무어라 말하고 있는 듯 입을 벙긋거리고 있었지만 그 말이 무슨 말인지 들리지 않았다.

'뭐라 말하고 싶은 거냐······.'

여인은 왠지 인간 같은 느낌은 들지 않았다.

한참 동안 여인은 답답하다는 듯한 표정으로 혼자 무어라 떠들어댔다.

잘 들리지는 않았지만 무랑은 신경을 집중해서 여인의 입

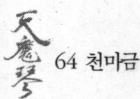

모양을 뚫어져라 바라보았다.

그러던 어느 순간 갑자기 주변의 소리가 들리기 시작했다.

'음……'

청각이 회복되면 여인은 거짓말처럼 시야에서 사라지게 된다.

잠시 동안 여인이 있던 자리를 바라보던 무랑은 아쉬운 표정으로 머리를 긁적였다.

그 역시 입을 열어서 말을 할 수가 없으니 여인에게 무어라 대꾸를 해 줄 수가 없었다.

답답했다.

하지만 이것도 조만간 해결될 것 같았다.

왠지는 모르지만 여인이 하는 말이 조금씩 들렸기 때문이다.

발음이 아직 옹알이처럼 부정확했지만 확실히 조금씩 들리기 시작하고 있었다.

'조금씩 들리고 있다. 언젠가 들을 수 있을 거다.'

무랑이 그렇게 생각하며 만족하고 있을 때.

화 노인이 찾아왔다.

"그래 몸은 좀 어떤가? 오늘도 그 꿈을 꾸었던가?"

끄덕끄덕.

벙어리 사내.

무랑은 고개를 끄덕이며 자리에서 일어나 허리를 숙여 보였다.

화 노인은 그런 사내를 보며 흐릿하게 웃어 보였다.

심성이 참으로 맑은 아이였다.

과거가 어땠는지는 아직 잘 모르지만 분명히 악인(惡人)은 아니었을 것이라 생각되었다.

그랬기에 약간 망설여졌다.

지금 자신이 하려는 일은 어쩌면 무랑에게 화(禍)가 되어 돌아올지도 모를 일이니까.

'그래도 해야겠지.'

화 노인은 일단 무랑의 곁에 편하게 앉았다.

그리고 약간 뜸을 들이다가 입을 열었다.

"자네는 과거에 대해 알고 싶은가?"

무랑은 머리를 긁적였다.

이제는 굳이 과거에 집착하지 않았다.

그냥 호기심 정도에 불과하다.

화 노인은 무랑이 머리를 긁적이는 것을 보더니 품에서 한 장의 종이를 꺼내 들었다.

"이 그림이 보이는가?"

종이를 들여다보자 그곳에는 누군가의 얼굴이 그려져 있었다.

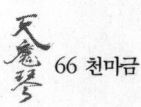

"개방에서 오래전에 뿌렸던 용모파기네. 어떤가? 자네와 매우 닮지 않았는가?"

고개를 갸웃거리다 무랑은 눈을 가늘게 뜨며 종이를 응시했다.

전체적으로 선이 얇고 짙은 검미(黔眉)가 인상적인 남자.

냉정하고 차가워 보이는 안색.

바늘에 찔려도 피 한 방울 흘릴 것 같지 않은 그런 남자.

허나 묘하게도 그림 속의 남자는 무랑과 너무나도 닮아 있었다.

무랑이 아무 말도 없이 그림을 보고 있자 화 노인이 작게 말했다.

"서문무휘라 하더구만."

서문무휘?

그 이름을 듣는 순간 벙어리 사내의 전신에는 벼락에라도 맞은 듯 찌르르 전류가 흘렀다.

'서문……무휘.'

익숙했다.

그 이름은 분명히 기억에 있는 친숙한 것이었다.

화 노인은 놀란 무랑의 얼굴을 보며 씁쓸한 표정을 감추지 못했다.

"익숙한 이름인가?"

무랑은 고개를 끄덕였다.

화 노인은 한숨을 내쉬며 말을 이었다.

"이건 노파심으로 하는 말이지만 자네 앞으로는 머리를 좀 풀어서 얼굴을 가리고 다니는 게 좋겠네."

무랑은 고개를 갸웃거렸다.

이건 무슨 뜻으로 하시는 말일까?

"될 수 있으면 외부 출입도 삼가는 게 좋겠구먼."

더더욱 의아하다는 듯한 표정으로 무랑이 화 노인을 바라보았다.

무슨 뜻인지 몰랐기 때문이다.

"어쩌면 자네를 알아보는 자들이 생길지도 모르네. 그러면 곤란해지지."

화 노인은 약간 미안한 얼굴을 해 보이며 이유를 설명했다.

"나는 관계가 없지만 언씨세가가 난처해질지도 몰라서 하는 말일세."

화 노인은 지금 무언가를 말하지 않고 숨기고 있는 것 같았다.

그게 뭘까?

무랑의 궁금증은 화 노인이 망설이며 이야기를 한 후에야 완전히 풀리게 되었다.

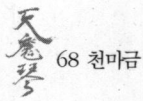

제5장
태남 정유기

1.

"너답지 않게 일을 번거롭게 만들었구나."
"송구스럽습니다, 어르신."
한겨울이다.
그런데도 챙이 넓은 차양(遮陽; 햇빛 가리개)을 쓰고 새하얀 접선을 팔락거리는 사내가 있다.

자세히 보니 이건 사내인지 계집인지 구별이 가지 않는다.

목소리는 물론이고 체형(體形) 역시 성별을 구분할 수 없을 정도로 불분명했다.

한마디로 귀물(鬼物).

허나 이런 사내도 아니고 계집도 아닌 귀물을 황실에 있는 사람 그 누구도 무시하지 못했다.

그가 바로 동창 최고의 고수이자 무신지경의 초인.

태감 정유기였기 때문이다.

그는 자신의 앞에서 허리를 숙이고 있는 화륜강을 보며 픗 하고 귀엽게 웃어 보였다.

"넌 여전히 말투가 딱딱하구나. 그리고 어르신이라니…… 아직도 날 사부라 부르기가 어려운 게냐?"

"……."

화륜강은 대답하지 않았다.

태감 정유기의 웃는 얼굴이 일순 굳어졌다가 다시 펴졌다.

정유기는 느릿하게 손을 뻗었다.

그리고 허리를 숙이는 바람에 드러나 있던 화륜강의 탄탄한 목덜미를 주물럭거렸다.

"너무 딱딱하게 굴면 그만큼 부러지기도 쉬운 법이다. 잊지 마라."

귓가에 속삭이는 낮은 목소리.

허나 그 속에 담겨 있는 짙은 분노가 화륜강의 등골을 시리게 파고들었다.

"……충고 감사히 받겠습니다, 어르신."

"좋은 자세야. 하루라도 빨리 네가 부드러워지는 것이 보고 싶구나."

정유기는 화륜강의 목덜미에서 천천히 손을 떼어 내며 약간 아쉬운 표정을 해 보였다.

그러다 문득 주변을 둘러보며 말했다.

"흐흥, 그나저나 오랜만이구나. 강호는……. 사십 년 만인가? 여전히 이곳에는 난폭한 바람이 부는구나. ……정겹네."

화륜강은 허리를 숙이고 있는 상태로 본인도 모르게 어금니를 꽉 깨물었다.

조금 전까지 목덜미에서 느껴졌던 말랑말랑함.

그 착 하고 감기는 불쾌한 감촉이 아직도 남아 몸을 기어 다니고 있는 것 같았기 때문이다.

'요사스러운 놈. 내가 너 같은 요물에게 잡아먹힐 것 같으냐.'

계집의 손아귀도 저렇게 보드랍지 못할 것이다.

나이도 화륜강이 아는 것이 정확하다면 벌써 백 살에 가까운 노인일 터였다.

그런 노인이 저토록 괴이한 젊은 모습을 유지하고 있다.

저게 괴물이 아니면 대체 뭐란 말인가?

"헌데 그 빌어먹을 늙은이는 잘 있으려나 모르겠구나……."

화륜강은 고개를 갸웃거렸다.

태감 정유기의 말속에서 알 수 없는 거리낌을 읽은 탓이다.

"누구를 말씀하시는 것인지요."

"백무량, 그 오지랖 넓은 늙은이를 말하는 거다."

"설마 전대 천마신교의 교주를 말씀하시는 것입니까?"

"그래, 그놈을 말하는 거지."

"그자라면 이미 일 년도 전에 죽었습니다."

"쯧, 아니다. 놈은 죽지 않았어. 두 눈 시퍼렇게 뜨고 살아 있지."

화륜강은 반박을 하려고 입을 열었지만 결국 말을 내뱉지 못하고 다물었다.

그가 보고받은 바에 의하면 전대 천마신교의 교주, 즉 신마 백무량은 천하삼패의 주인들의 합공을 받아 죽었다고 했다.

이건 사실일 가능성이 매우 높은 정보였다.

강호의 세력 판도가 한 번에 뒤집어진 것만 봐도 사실임이 틀림없음을 알 수 있었다.

'하지만…….'

태감 정유기.

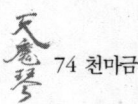

이 괴물 같은 놈이 하는 말이었다.

섣부르게 반박할 수도, 반박해서도 안 된다는 생각이 들었다.

"그 늙은이가 그렇게 쉽게 죽어 줄 만큼 호락호락하지는 않거든. 세상은 다 속여도 내 눈까지 속일 수는 없지."

흘러나온 낮은 웃음.

그 속에 담겨 있는 요사스러움에 화륜강이 속으로 역겨움을 삼킬 때, 정유기가 다시 말을 이었다.

"그 영감과는 아직 정리하지 못한 은원이 있지. 그 때문에 언젠가 강호에 돌아오려고 했으니…… 오히려 이번 일이 잘된 것일 수도 있겠구나."

태감 정유기의 말속에 무슨 의미가 숨겨져 있는지는 모르지만 화륜강으로서는 좋은 일이었다.

이유가 뭐건 간에 정유기가 뒤에서 받쳐 준다면 천하삼패 정도야 우습게 지워버릴 수 있을 것이다.

동창은 그 정도의 힘을 갖추고 있다.

그렇게 천하대란이 끝나고 일 년이 지난 겨울.

황실 깊숙이 숨겨져 있던 어둠.

태감 정유기가 강호에 나왔다.

2.

무랑.

벙어리 사내는 눈에 보이는 꽃잎을 세어 보다가 콧잔등을 손으로 긁적거렸다.

풀어 내린 앞머리가 코끝을 간질였기 때문이다.

'마교라……'

그게 뭐하는 곳인지는 얼마 전에 언명운을 통해 들었다.

사악하고 악마적인 사교 집단.

그와 더불어 강력한 무력을 지닌 무장 단체.

아이들의 생간을 이용해 무공을 익히고 처녀들의 피를 뽑아내 힘을 키운다고 알려진 곳.

'그런 곳의 소교주……'

언명운은 마교라는 단체에 대해 엄청나게 나쁜 말들만 해 댔다.

살인귀들이 잔뜩 모여 있는 곳.

화 노인의 말대로라면 무랑은 그곳의 작은 주인인 것이다.

확실히 뭔가 이상한 기분이었다.

자신이 그런 곳의 작은 주인이라는 것이 선뜻 받아들여지지가 않았기 때문이다.

허나 용모파기에 그려져 있던 사내의 모습은 자신이 아니라는 부정을 하기도 어렵게 만들었다.

보는 순간 본인이라는 느낌이 한 번에 팍 와 버렸으니까.

머릿속에 번뇌가 가득했다.

'서문무휘…….'

입안으로 되뇌어 보면 볼수록 친숙한 이름이었다.

'나라는 인간, 도대체 어떤 인간이었던 거지…….'

오랜만에 진지한 고민이 들었다.

그러다 피식 웃어 버렸다.

'하긴 무슨 상관인가.'

화 노인이 넌지시 했던 말이 떠올랐다.

정파와 사파는 양립할 수 없는 법이거든.

'떠나야 하는 건가…….'

떠나야 한다면 어디로 가야 할까?

아무것도 기억나는 것이 없는데…….

이곳이 좋지만 떠나지 않을 수는 없는 상황이다.

그때 갑자기 무언가가 무랑의 시선을 사로잡았다.

'응?'

무랑이 갑자기 고개를 갸웃했다.

비어 있었다.

천이통으로 세상을 보는 무랑이다.

헌데 그에게 벽 너머의 어딘가가 구멍이라도 뻥 뚫린 것처럼 텅 비어 있는 것처럼 보였다.

처음 겪는 일이었다.

무랑은 신기한 장난감을 본 것 같은 얼굴로 자리에서 일어났다.

조금 전까지의 고민이나 걱정거리는 이미 그의 머릿속에 남아 있지 않았다.

그저 호기심만이 가득 남아 흥미진진한 눈길로 담장을 응시하고는 그대로 가만히 의식을 집중해 보았다.

한참 의식을 집중하던 무랑은 천천히 벽에서 떨어져 나오며 작게 입을 벌렸다.

'아무것도 없다니……'

그것이 신기했다.

벽 너머에 아무것도 없다는 것은 있을 수가 없는 일이었다.

바위가 있다든지, 나무가 있다든지 해야 정상이었다.

그마저도 아니라면 바람이라도 있어야 했다.

완벽한 무(無).

천이통은 물론이고 전신의 감각을 총동원해 보았지만 그 어떠한 것도 느껴지지 않았다.

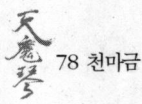

이건 아무래도 눈으로 직접 확인해 봐야 할 것 같았다.

무랑은 가볍게 몸을 띄워 담장에 올라섰다.

그리고 고개를 갸웃댔다.

'사람이 있다?'

벽 너머에는 사람이 있었다.

이제 막 약관을 넘겼을까?

젊고 건강해 보이는 사내였다.

허나 무랑은 이유가 무엇인지 알 수 없지만 그가 몹시 두렵게 느껴졌다.

아무런 소리도 기척도 들리지 않는 사람.

이런 사람을 처음 접해 보았기 때문이다.

사내는 무랑을 올려다보며 히죽 웃어 보이고는 무랑이 서 있는 담장 위로 가볍게 올라와 마주섰다.

"여어, 건강해 보이는구나."

"……"

무어라 말해야 할까.

눈으로는 똑똑히 보이는데 귀로는 상대방의 모습이 보이질 않았다.

혼란스러웠다.

무랑이 연방 고개를 갸웃거리자 상대방의 표정이 묘하게 바뀌었다.

"뭐냐, 그 이상한 표정은?"

"……."

무랑은 손을 뻗어 사내의 이마에 올려 보았다.

턱—

분명한 촉감.

손끝으로 전해지는 감각은 분명히 사람의 것이었다.

"만나자마자 이건 또 무슨 해괴한 짓이냐."

사내가 낄낄 웃으며 말하자 무랑은 깜짝 놀란 얼굴로 주춤 뒤로 물러섰다.

"사내끼리 붙어먹자는 거냐? 남세스럽게."

"……."

무랑은 사내를 뚫어져라 바라보았다.

귀신은 아닌 모양인데 어떻게 된 것일까?

'게다가…….'

왜인지는 잘 모르겠지만 사내에게서는 굉장히 친숙한 느낌이 들었다.

하지만 불투명한 막이라도 끼어 있는 것처럼 그런 느낌이 든다 싶었을 뿐, 기억은 나지 않았다.

사내 역시 한동안 장난기 가득한 웃음을 그리다가 서서히 웃음을 지웠다.

그리고 고개를 갸우뚱거리며 말했다.

"표정이 왜 그러냐? 설마 날 모르느냐?"

끄덕끄덕.

무랑이 고개를 끄덕이자 사내의 표정이 이상하게 변했다.

"너 벙어리냐? 말은 왜 못해?"

끄덕끄덕.

사내의 얼굴이 급격하게 일그러졌다.

그리고 곧장 무랑의 몸 이곳저곳을 더듬기 시작하더니 깊은 한숨을 내쉬었다.

"망할……."

그제야 사태를 파악한 사내는 난감한 얼굴로 무언가를 생각하고 있었다.

사내는 한참을 말없이 끙끙 앓더니 결국 무슨 결심이라도 한 듯 찌푸린 안색으로 입을 열었다.

"본래라면 마지막이라 이것저것 해 줄 말이 많았다만……."

무언가 할 말이 많은 듯하면서도 씁쓸한 표정이다.

허나 끝내 말을 잇지 못하고 사내는 피식 웃었다.

"살아 있으면 그걸로 된 거지."

무랑이 고개를 갸웃거릴 때.

사내가 무랑의 표정을 살피며 입을 열었다.

"클클, 아무래도 내 욕심 때문에 그동안 많이 힘들었을 테지. ……미안하구나."

 무량은 확신했다.

 이 사내.

 분명히 자신의 과거를 잘 알고 있는 사내였다.

 무량은 입을 열어서 묻고 싶었지만 말을 할 수 없으니 답답했다.

 알고 싶었다.

 과거의 자신은 어떤 사람이었는지 궁금했던 것이다.

 그 마음을 짐작한 것일까?

 눈앞에 있는 사내가 말했다.

 "괜히 기억을 떠올려 소란스러워질 필요는 없겠지. 이대로도 너에게는 나쁘지 않을 테니……."

 무량은 손가락을 하나 들어 허공에 글을 써 내려갔다.

 밝은 빛무리가 무량의 손가락 끝에 머물며 문자를 만들어 갔다.

　　절 아십니까?

 "그럼 잘 알지. 어쩌면 너보다 널 더 잘 알지도 모른다."

 씁쓸하고도 쓸쓸해 보이는 미소를 지은 사내는 담장 위에 아슬아슬하게 선 채로 말했다.

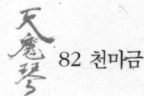

"곰곰이 생각해 보니 너에게는 이대로가 좋을지도 모르겠구나."

복잡한 얼굴.

사내는 무랑을 보다가 그의 머리를 쓰다듬어 주었다.

무랑은 그 행동에 움찔했으나 곧 긴장을 풀었다.

사내의 행동은 무척 자연스러웠다.

게다가 지금 사내의 눈과 손길에서 어딘지 모르게 애틋함이 묻어났다.

"일체유심조라는 말이 있다. 모든 일은 너 스스로 마음먹기에 달렸으니…… 번뇌와 행복 역시 네 마음속에 있는 것이다. 늘 명심해라."

무랑은 사내의 말을 가슴에 새겼다.

이유는 알 수 없지만 왠지 그래야 할 것 같다고 생각한 것이다.

"끌끌, 네가 지금 꾸고 있는 이 꿈이 행복하다 여긴다면, 그건 네 마음이 여기 있다는 말과 다름이 없지. 허나……."

사내는 잠시 망설이다가 말을 이었다.

"꿈은 깨어지기 때문에 꿈인 것이다. 꿈에 너무 빠져 있지 마라."

그 말을 마지막으로 사내의 모습이 점점 햇빛에 녹아 가는 눈처럼 흐릿해졌다.

무량이 다급하게 허공에 글을 썼다.

성함이라도 알려 주십시오.

"내 이름 말이냐?"
사내는 양손을 허리에 걸쳐 놓고 자신만만하게 환히 웃으며 말했다.
"네가 평생토록 가장 존경하는 사람. 그 사람의 이름이 바로 내 이름이다. 기억을 되찾으면 자연히 알게 되겠지."
"……."
무량이 멍한 시선을 해 보이는 그 순간에도 사내의 신형은 점차 흐릿해졌다.
그러다 결국 한 줄기의 빛무리로 변해 눈앞에서 거짓말처럼 사라지고 말았다.
사내가 사라진 후에도 무량은 멍한 얼굴로 한참 동안 그 자리에 서 있었다.
무량은 느릿하게 조금 전까지 사내가 있던 장소에 손을 뻗어 보았다.
하지만 손에 만져지는 것은 아무것도 없었다.
마치 처음부터 그곳에는 아무것도 존재하지 않았던 것처럼 사내는 연기처럼 사라져 버린 것이다.

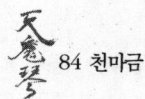

'꿈은 깨어지기 때문에 꿈인 것이다.'

소탈하게 웃던 사내.

그 사내가 던진 말이 왠지 머릿속에 화인(火印)처럼 새겨져 버렸다.

무랑은 멍한 얼굴로 하염없이 먼 곳만을 바라보았다.

제6장
초량의 비밀

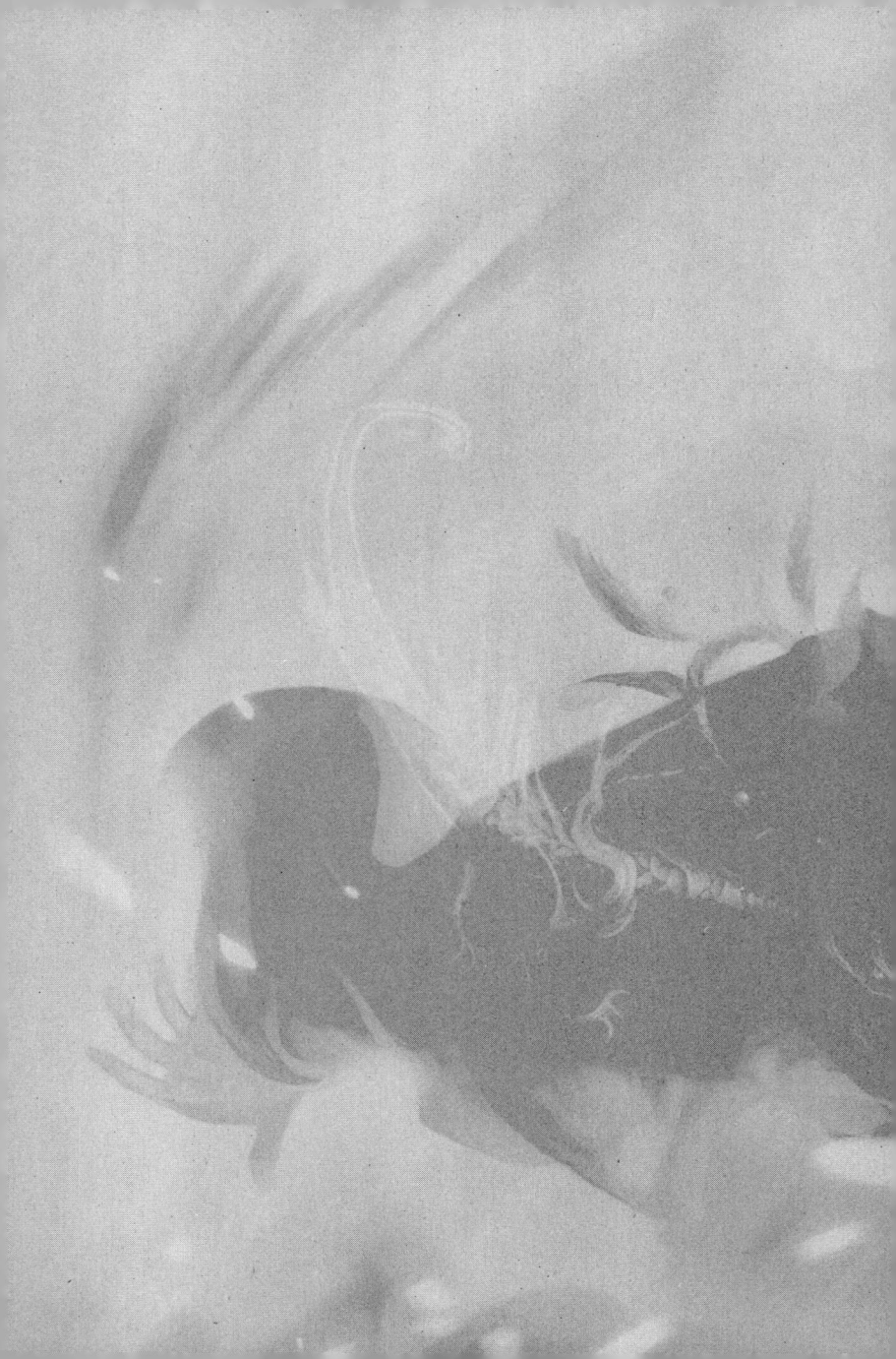

1.

"제자는 잘 만나고 왔느냐?"
"아아, 그럭저럭."

백율.

아니, 반로환동한 신마 백무량은 소매에 묻은 먼지를 탁탁 털어 내며 말했다.

"캬, 근데 이거 편하긴 하구만. 그 먼 거리를 정말 눈 깜빡할 사이에 왔다 갔다 하게 해 주다니……. 내가 전력으로 뛰었어도 사흘은 족히 걸렸을 텐데……. 축지법(縮地法)과 비슷한 건가?"

"클클, 그런 풋내나는 술법과 공간전이대법(空間轉移大法)을 비교하지 마라."

"좀 띄워 주니 잘난 척은……."

백무량은 입을 비죽거리며 하늘을 보았다.

그리고 눈을 돌려 바닥에 길게 늘어지는 그림자를 보다가 말했다.

"이제 보름 정도 남은 건가?"

"그래, 보름 남았지."

바닥에 여러 가지 이상한 형태의 도형들을 그리고 있던 초량은 건성으로 대답했다.

그러다 불쑥 말했다.

"참으로 오랜 기다림이었다."

"그러냐."

"오백 년이 짧은 시간은 아니었지."

초량이 감회에 젖어 있든 말든 백무량은 별 관심 없는 얼굴로 바닥에 그려져 있는 도형들을 응시했다.

저놈이 오백 년을 기다리건 뭐건 이미 지겹게 들은 이야기라 별 관심이 없었기 때문이다.

그러다 무심코 바닥에 그려져 있는 도형을 보고 고개를 갸웃했다.

둥근 원 안으로 수없이 많은 괴이한 문양들이 서로 엉켜 있었고, 그 바깥으로 또다시 커다란 원과 도형들이 괴상한 규칙을 가지고 그려져 있었다.

아무 생각 없이 그것을 보던 백무량은 곧 무언가를 느끼고 눈을 빛냈다.

"어라? 근데 이게 뭐냐? 이건 내가 알고 있는 주둔들이랑 모양이 다른데?"

달랐다.

보통의 주문들과는 그 궤(軌)를 달리했다.

"호오? 문자가 기운을 머금고 있어? 제법 신기하군."

낮은 감탄.

글자에 기운이 감도는 것은 생전 보지도 못했던 일이었다.

초량은 놀란 백무량을 슬쩍 보며 피식 웃었다.

"네놈은 설명해 줘도 모르는 문자다. 그냥 관심 꺼."

"왜? 설명을 남만어(南蠻語)로 할 거냐? 이해는 내가 알아서 할 테니까 말이나 해 봐. 심심한데 잘됐네."

백무량은 아예 바닥에 쪼그려 앉았다.

그리고 초량을 뚫어지게 응시했다.

그 어울리지 않게 반짝거리는 시선에 초량이 결국 거북한 얼굴로 들고 있던 나뭇가지를 옆에 내려놓았다.

그리고 짧게 말했다.

"이쪽 세상의 말이 아니다, 멍청아."

허나 그 정도로 포기할 백무량이 아니다.

애초에 그의 호기심을 자극할 만한 일은 천하를 다 뒤져봐도 그리 흔하지 않았다.

그리고 이것은 그냥 호기심을 자극하는 수준이 아니었다.

"저쪽 양귀(洋鬼; 서양인들을 낮춰 부르는 말)들이 쓰는 문자도 아니고, 그렇다고 해서 남만어도 아니지. 이쪽 세상 말이 아니다? 그럼 어느 쪽 세상의 말이냐? 왼쪽? 아니면 오른쪽?"

"미친놈."

초량은 고개를 절레절레 젓고는 다시 바닥에 문자를 그리기 시작했다.

설명해 줘도 알아먹을 리가 없다.

이 세상에 존재하지 않는 문자였고, 존재해서도 안 되는 문자였다.

"고것 참, 보면 볼수록 신기하단 말이야."

백무량은 손을 뻗어 모래에 그려져 있는 글자를 쓱쓱 지워보았다.

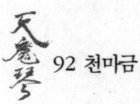

하지만 지워진 글자들은 마치 언제 그랬냐는 듯 스르륵 새롭게 스스로 그려졌다.

"이거 아무리 봐도 보통 술법은 아닌 거 같은데?"

"보통 술법으로는 잡을 수 없는 놈을 잡아 와야 하니까."

초량의 이마에 어느새 송골송골 구슬땀이 맺혔다.

술법에 관한 한 천하에, 아니 고금을 통틀어 본인을 따라올 사람이 없다고 자부하는 초량이다.

실제로도 초량 이후로 오백 년 동안은 술법으로 경계를 넘은 자가 단 한 명도 나타나지 않았다.

그전에도 없었을 것이다.

한마디로 고금제일인(古今第一人).

헌데 그 대단한 초량조차도 이번 일을 준비하는 것에만 이렇게 많은 공을 들이고 있다.

쓰윽— 쓱쓱—

나뭇가지가 움직일 때마다 바닥에 푸른색의 원과 도형들이 그려졌다.

그 움직임을 눈으로 계속 좇고 있던 백무량이 나지막하게 물었다.

"근데 말이야……. 그 천마라는 놈이 네가 이렇게 공을 들일 만큼 대단한가? 솔직히 그리 대단해 보이지 않아서 말이야."

굉장한 괴물이라는 것은 맞긴 했다.

하지만 백무량.

그의 입장에서 보면 천마 담천후는 본신의 힘을 개방하면 그 즉시 쓰러뜨릴 수 있는 수준에 불과했던 것이다.

초량은 백무량을 쳐다보지도 않고 작업에 열중한 그대로 퉁명하게 대답했다.

"그놈은 꼭 필요한 재료다."

"재료?"

"그래."

고개를 갸웃거리며 백무량이 물었다.

"그건 또 무슨 말이냐?"

초량은 잠시 멈칫했다.

무의식적으로 쓸데없는 말을 했다 생각했기 때문이다.

백무량은 그런 초량을 보며 눈을 게슴츠레 떴다.

"네가 생각 없는 놈이 아니라는 걸 믿었기 때문에 여태까지 굳이 이유를 묻지 않았지만…… 이제는 알아야겠는데?"

"쓸데없는 호기심이야."

"호기심이 없는 놈은 이미 시체나 다름없지. 호기심이야말로 삶의 원동력 아니겠느냐."

"후회할 텐데?"

"후회?"

백무량은 콧잔등을 살짝 찡그렸다.

"너 지금 설마 나를 협박하는 거냐?"

"충고하는 거다, 이놈아. 알아 봐야 좋을 거 하나 없다."

눈을 가늘게 뜬 상태로 백무량은 초량을 쏘아보았다.

평소 이놈을 보아왔기에 허황한 일은 꾸미지 않을 것이라는 걸 알지만 또 모르는 일이다.

이런 신중한 놈일수록 도리어 뒤에서 이상한 짓을 한다는 건 그동안의 경험으로 알고 있지 않았던가.

"니가 진짜로 원하는 게 뭐냐? 설마 옥황상제라드 되어 보시려고?"

가벼운 농담.

허나 초량은 대답하지 않았다.

그저 알듯 모를 듯한 미소를 그린 채 백무량을 응시하고 있었다.

"정말 진실을 감당할 준비가 되었느냐?"

"뜸 들이지 말고 얼른 말해. 너 정말 옥황상제가 되려고 하는 거냐?"

"끌, 그것과 비슷한 거긴 하지."

"비슷한 게 뭔데?"

초량은 턱을 한 번 쓰다듬은 후 대답했다.

"미륵불(彌勒佛)."

백무량은 순간 자신의 귀를 의심했다.

"뭐? 미륵불? 설마 불교에서 말하는 그 미륵을 말하는 거냐?"

"그래, 그거다."

"이런 미친……."

"그러게 후회한다고 했잖느냐."

초량은 툴툴 웃었다.

무려 오백 년의 시간을 투자했다.

남들은 차마 꿈에서도 이룰 수 있을 것이라 생각지 못하는 우화등선(羽化登仙).

단순히 목표가 그것에 있었다면 오백 년 전에도 초량은 할 수 있었다.

경계를 넘어선 지 오래되었고, 이미 수명조차도 의미가 없어졌으니까.

확실히 우화등선을 하게 되면 모든 윤회(輪廻)의 굴레에서 자유로워진다.

거기에서 만족할 수도 있었다.

허나 그렇게 하지 않은 이유는 무척이나 간단명료했다.

"태상노군(太上老君), 그 영감 밑에서 수발들고 싶지는 않았거든. 그건 자유가 아니지."

초량의 말에 신마 백무량은 웃었다.

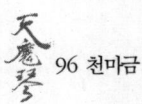

눈앞에 있는 장님 노친네가 애초에 정상이 아닌 줄은 처음부터 알고 있었다.

그래도 무모한 놈은 아닐 거라 여겼는데 아무래도 잘못 본 모양이다.

"미친 소리로 들리긴 하지만 확실히 흥미가 돋는 이야기군. 어찌 되었건 계획대로만 되면 네가 그 미륵불인지 뭔지가 된다, 이 말이냐?"

"안 될지도 모르지."

초량은 품에서 연초를 꺼내 들었다.

대체 얼마 만일까?

이렇게 속에 있는 말을 꺼내 본 것이…….

단 한 번도 그동안 짜 놓았던 계획에 대해, 그 누구에게도 이야기해 본 적이 없었다.

남들이 알면 허황하다고 비웃을 만한 일이니까.

과연 있는 그대로 사실을 말해 줘도 될까?

이놈이 사실을 알고도 협조를 할까?

'모르겠다, 이젠…….'

초량은 지쳤던 걸지도 몰랐다.

본래대로라면 말하지 말아야 했지만 그냥 있는 그대로를 말해 주기로 마음먹었다.

"뭐냐? 너 설마 확신도 없이 일을 벌였냐?"

"난리 피우지 마라, 이놈아. 그래도 네놈 덕분에 그나마 성공 확률이 올라간 거니까."

"그건 또 무슨 소리냐."

초량은 감고 있는 눈으로 백무량을 뚜렷이 응시했다.

그리고 입을 열었다.

"네놈 역시 재료거든."

"뭐?"

2.

초량의 설명은 흥미로웠다.

인간을 초월하는 존재.

즉 신(神)에 가까이 다가가기 위한, 아니 신이 되기 위한 방법.

그 대주술(大呪術)에는 두 명의 인간이 필요했다.

"그릇이지, 신을 통째로 담을 만한 큰 그릇."

"그릇이라……."

천 년에 한번 태어날까 말까 하다는 천재 두 명을 겨우 발견해 냈다.

한 명은 천마 담천후, 다른 한 명은 신마 백무량.

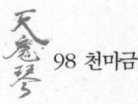

오백 년이란 시간을 들여서야 겨우 그 두 명을 찾아낸 것이다.

둘 다 그릇으로 사용하기에 부족함이 없었다.

"그런데 말이야. 보통 이런 이야기는 끝까지 숨겨야 하는 거 아니냐? 이걸 다 듣고도 내가 일에 참여할 것 같냐?"

"나도 모르겠다, 이젠……."

초량은 연초를 한 모금 길게 빨았다.

그리고 폐를 채웠던 연기를 깊게 내뱉은 후 피식 웃었다.

일의 완성 직전까지 왔다.

그런데 왜 이걸 숨기지 않고 다 말해 버렸을까?

조금만 더 숨기고자 했으면 숨길 수도 있었을 텐데…….

백무량은 조용하게 가라앉은 눈으로 초량을 바라보았다.

그리고 낮게 물었다.

"성공 확률은 얼마나 되는데?"

다시 한 번 연초를 한 모금 깊게 빨았다가 내뱉으며 초량이 말했다.

"3할."

"3할?"

"그래, 무려 3할이지."

백무량은 입을 크게 벌렸다.

그러다 결국 픽하고 웃고 말았다.

이 미친놈은 대체 뇌 구조가 어떻게 생겨 먹은 걸까?

자신도 그동안 미친놈 소리를 들으며 살아왔지만 이놈에 비하면 정상이라는 생각이 들었다.

초량이 그의 생각을 짐작했음인지 말을 이었다.

"성공만 한다면 태상노군, 그 영감과 어깨를 나란히 할 수 있지."

도박이었다.

인생을 건 도박.

아니 하늘이 준 인생에 추가로 오백 년의 시간이라는 긴 세월도 걸어야만 했던 판돈이 큰 도박이다.

성공한다면 이 모든 것들을 보상받을 수 있다.

백무량은 차분한 음성으로 물었다.

"실패하면?"

초량은 담담하게 말했다.

"세상에서 사라지는 것뿐이다. 별거 아니지."

"……그렇군. 확실히 별거 없구만."

둘은 한동안 말이 없었다.

얼마나 그렇게 침묵하고 있었을까?

"기껏해야 죽는 것밖에 잃는 게 없다면 충분히 해볼 만하구만."

백무량이 엉덩이를 툭툭 털고 일어서며 한 첫마디가 저것

이었다.

"약속한 것도 있고, 네가 날 도와주었으니 나 역시 도와주지. 그러니 그렇게 쫄지 마. 나 같이 대단한 사람이 도와주면 실패는 있을 수 없어."

초량은 그런 백무량을 물끄러미 바라보다가 곧 같잖다는 듯이 이를 드러내 보이며 웃었다.

"주제에 센 척하기는……. 잘못되면 같이 휩쓸려서 소멸될 수도 있다, 이놈아."

"알아. 다 알고도 한다는 거잖아, 지금? 그리고 이 몸은 그런 거에 안 쫄아. 역사상 가장 위대한 남자니까. 크크크."

초량은 다 타 버린 연초를 바닥에 비벼 끄며 아무렇지도 않은 표정으로 말했다.

"……도망치려면 지금 도망쳐. 그래야 나도 수고를 덜지."

"어차피 죽으면 매한가지 아니냐? 그리고 그 말을 하기엔 너무 늦었어. 재밌어졌거든."

"……미친 새끼."

초량은 털어놓길 잘했다는 생각을 했다.

그 역시 사실 마음이 불편했던 것이다.

본래라면 모든 것을 숨기고 했어야 했지만 그러기에는 백무량과는 말로 설명할 수 없는 그런 끈끈한 관계가 되어 버렸다.

초량의 비밀

"이제 궁금한 점은 다 풀렸냐, 애송아."

"뭐, 어느 정도는."

"그럼…… 마저 준비하자."

천마 담천후.

그는 원하든 원하지 않든 초량을 돕게 될 것이다.

그러기 위해 오백 년의 시간을 칼 속에 가둬 놨던 것이니까.

'곧 모든 것이 끝나겠구먼.'

과연 초량의 계획은 성공할 수 있을까?

그것은 뚜껑을 열어 봐야 알 수 있을 것이다.

제7장
위류향

"실패했다구요?"
"예."
천마신교의 군사 위류향.
그는 고개를 갸웃거렸다.
"그럴 리가 없을 텐데요. 착각하신 것이 아닙니까?"

"사실입니다."

예상 밖의 변수가 있었던가?

사람이 하는 일이니 모든 것이 생각대로만 흘러가지는 않겠지만 그래도 이것은 너무 예상외였다.

"……이해할 수 없군요."

천마신교 십대무력단체 중의 하나인 혈랑대(血狼隊).

그곳의 부대주라면 당연히 화경의 고수였다.

그런 고수가 직접 수하들을 이끌고 갔다.

언씨세가의 전력을 고려했을 때, 이건 실패하는 게 오히려 이상한 일이다.

'헌데도 실패했단 말인가…….'

톡톡—

탁자를 손가락으로 두들기며 위류향은 생각에 잠겼다.

정보에 올라가 있지 않았던 무언가가 있었던가?

놓쳤던 것이 무엇이지?

머릿속으로 다시금 되풀이해서 검토해 봤지만 이해가 되지 않았다.

위류향은 시선을 올려 보고를 올린 무인을 바라보며 물었다.

"혈랑대주님께서는 뭐라고 하십니까?"

"현재 출전 준비를 마치고 군사님의 허락이 떨어지기만을

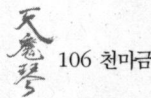

기다리시는 중입니다. 오늘 밤 중으로 언씨세가를 잿더미로 만들어 버리겠다고 말씀하셨습니다."

위류향은 입가로 찻잔을 가져가며 고개를 저었다.

"그건 곤란하군요."

"예?"

"유감스럽게도 출전은 하실 수 없습니다."

무인의 얼굴에 당황한 기색이 비쳤다.

"하, 하지만 대주님께서는 당연히 출전을 하실 줄 알고 모든 준비를……."

위류향은 단호한 얼굴로 무인의 말을 끊었다.

"정황을 볼 때 언씨세가에는 아직 외부로 드러나지 않은 고수가 있는 것처럼 보입니다. 그 대상을 정확하게 모르는 현재로서는 출전을 허락할 수 없습니다. 죄송하지만 혈랑대주님께 그렇게 전해 주세요."

무인의 얼굴이 해쓱하게 질렸다.

혈랑대주의 불같은 성격을 알고 있는 탓이다.

하지만 지금 전권을 쥐고 있는 것은 군사 위류향.

그런 그의 명령이다.

전달해야만 했다.

"그럼 그렇게 전하겠습니다, 군사님."

"예, 수고해 주세요."

무인이 읍을 하고 방에서 사라지자 위류향은 피곤한 얼굴로 눈 주변을 지그시 눌렀다.

'숨겨진 고수가 있었던가.'

그렇다고 해 봐야 대세에 큰 변화는 없을 것이다.

예정대로 한 달 안에 사천은 천마신교가 완전하게 접수하게 될 것이고 사천의 정도 문파들은 봉문을 하게 되던가, 멸문을 당하게 될 것이다.

본래는 이렇게 빨리 진행될 일이 아니었다.

헌데 사천을 영역으로 삼고 있던 남만 야수문이 의외로 쉽게 물러섰기 때문에 일이 쉬워진 것이다.

이것 역시 예상치 못한 변수.

좋은 일이었지만 위류향은 전혀 기쁘지 않았다.

'정보가 너무 부족하다.'

우연히 일어난 일이 좋은 일이라고 해서 마냥 기뻐만 하는 것은 어린아이나 하는 짓이다.

한 단체를 이끌어 가는 수뇌부라면 마땅히 그곳에서 이상한 점을 찾아내야 한다.

최소한 원인과 결과를 알아내야 하는 것이다.

그리고 그런 일을 하기 위해서 위류향은 이곳에서 군사직을 맡고 있었다.

잠시 무언가를 생각하던 위류향은 천장을 보며 말했다.

"귀랑(鬼狼)님, 거기 계십니까."

"예, 군사님."

"그분에 대해서 전해진 소식은 아직 없습니까?"

"예, 없습니다."

위류향은 고개를 끄덕이며 식어 버린 찻잔을 들어 올렸다.

'정말 무슨 일이 생긴 건가.'

그동안 서문무휘와 함께 행동하고 있던 위진영은 그들만의 방법을 사용해 주기적으로 연락을 취해 왔다.

덕분에 서문무휘가 어디로 이동하는지 굳이 신경 쓰지 않아도 알 수 있었는데…….

어느 순간부터 그 연락이 끊겨 버렸다.

그래도 찾으려고만 마음먹으면 금방 찾을 수 있다고 생각했다.

서문무휘의 이름이 워낙에 유명해졌기 때문이다.

지금 천하에서 가장 유명한 이름은 천하삼패의 주인도, 천마신교도 아니었다.

바로 서문무휘였다.

그의 별호인 잔혹마검은 이미 모든 강호인들이 알고 있는 상태였다.

'그런데도 찾지 못했다…….'

종적이 완벽하게 지워져 있었다.

이것은 제아무리 그쪽 분야의 전문가인 위진영이 붙어 있다고 해도 불가능에 가까운 일이었다.

현재 서문무휘의 행적을 살피고 있는 곳은 한두 곳이 아니다.

그를 쫓고 있는 시선이 한두 개가 아니라는 말이었다.

애초에 그들을 모두 따돌린다는 것은 불가능하다.

'무사해야 할 텐데……'

아직 서문무휘는 위류향에게 있어서 쓸모가 있는 존재였다.

허나 더 이상 기다리고 있을 수만은 없다.

"그분의 소식은 당분간 용목(龍目)님을 통해 듣겠습니다. 그 일은 용목님에게 인계해 주시고 귀랑님께서는 다른 일을 하나 해 주십시오."

"분부만 내려 주십시오."

"야수문이 사천에서 빠진 이유와 그 이후 행방에 대해 알아야겠습니다. 그들이 왜 물러선 것인지, 앞으로 어떻게 움직일 것인지에 대한 정보가 너무도 부족합니다. 아무래도 직접 움직여 주셔야겠습니다."

"존명."

"그럼 수고해 주세요."

기척은 느껴지지 않았지만 벌써 빠르게 움직이고 있을 것이다.

그것을 훈련받은 자들이고, 이렇게 써먹기 위해 직접 데리고 있던 자들이다.

위류향이 약간은 느긋해진 얼굴로 다른 서류들을 읽어 내려가고 있을 때.

"찾았습니다."

"음? 귀랑님? 아직 안 가셨습니까?"

뜬금없이 들려온 음성.

야수문의 행방을 알기 위해 사천으로 간 것이 아니었던가?

"지금 저에게 마지막으로 올라온 보고입니다. 서문무휘 공자께서는 지금 언씨세가에 있다고 합니다."

"언씨세가?"

위류향은 멍한 얼굴을 해 보였다.

왜 갑자기 거기에?

너무 갑작스럽지 않은가.

"본교의 고수들이 언씨세가에게 당한 것이 의심스러워서 조사하러 나갔던 정보원이 긴급하게 물어 온 정보입니다."

"이 정보를 아는 사람은 몇 명입니까?"

"특급으로 온 정보라 저에게 곧장 보고가 올라왔습니다."

그 순간 위류향의 머릿속으로 번갯불이 파파팍 하고 스쳐 지나갔다.

언씨세가에 갔었던 혈랑대 부대주.

그가 일에 실패하고 그의 수하들과 함께 전멸한 이유.

그 이유가 무엇 때문인지 이제야 알았기 때문이다.

잠시 생각에 잠겨 있던 위류향이 슬쩍 은은한 미소를 지으며 입을 열었다.

"그럼 혈랑대주님에게 말을 전해 주세요."

"무슨 말을 전해 드리면 됩니까?"

시기는 좀 빠르지만 위류향은 오히려 잘됐다고 생각했다.

오랫동안 계획했던 일.

그것을 지금 실행에 옮기기로 했다.

"당장 언씨세가를 짓밟아 달라고 해 주십시오."

"……존명."

방금 내린 대기하라는 명령을 번복하는 일이었지만 귀랑은 굳이 입을 열어 질문하지 않았다.

상관의 명령은 절대적이기 때문이다.

귀랑이 사라지고 나서 얼마나 시간이 지났을까?

위류향이 작게 중얼거렸다.

"……그럼 이제 그분이 원하셨던 대로 슬슬 판을 키워 볼까."

군사 위류향.

그가 진정 주군으로 모시는 사람은 현재 교주인 천마 담천

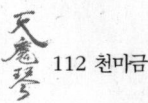

후가 아니었다.

'신마께서 원하시는 일이 부득이하게 조금 더 앞당겨지게 되었습니다.'

위류향.

그는 백무량이 살아 있음을 이미 알고 있었다.

거기에 더해 그가 반로환동까지 했음도 알고 있었다.

백무량이 그에게 직접 찾아왔었기 때문이다.

'이제 화살은 시위에서 떠났다.'

시위에서 쏘아진 화살을 막을 수 있는 것은 이제 아무것도 없었다.

그저 지켜보는 수밖에……

백무량이 서문무휘를 위해 준비했던 최후의 안배.

그것은 바로 천마신교의 군사 위류향이었다.

제8장

혈랑대(血狼隊)

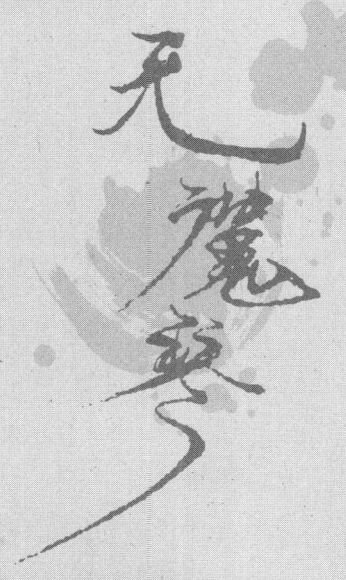

1.

"저기가 언씨세가인가?"
"예, 대주님."
산 아래에 있는 거대한 장원.
그것을 내려다보고 있는 거대한 체구의 사내.
"한심하군."

언뜻언뜻 보이는 놈들 모두가 약해 빠졌다.

약골들.

모두가 안락함과 편안함에 취해 무공 수련을 게을리 한 놈들뿐이지 않은가?

저런 순한 양과 같은 놈들에게 자신이 직접 키운 사나운 늑대가 잡아먹혔다니……

부득—

혈랑대주.

한마(悍馬) 유군상(柳軍狀)은 인정할 수 없었다.

그는 수하들을 향해 이를 갈며 짜증스러운 얼굴을 해 보였다.

"고작 저런 놈들에게 본대의 두 명의 부대주 중 한 명이 직접 이끌었던 척후조가 몰살을 당했다는 거냐? 그 말을 나더러 믿으라는 거냐, 지금?"

"……."

수하들은 고개를 들지 못했다.

쿠웅—

유군상은 콧김을 크게 내뿜으며 들고 있던 거대한 대감도를 바닥에 꽂았다.

"대답을 해봐라, 이 머저리 같은 놈들아!"

분노.

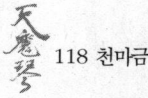

태산과도 같은 깊고 높은 분노가 몸속 깊은 곳부터 차올랐다.
 이런 놈들을 상대하기 위해 자신이 직접 움직였다는 게 너무나도 화가 났다.
 기대했던 것과는 너무도 다르지 않은가?
 적어도 자신을 긴장시킬 고수가 한 명이라도 보일 줄 알았는데 전혀 아니었다.
 차츰 흥분을 제어하지 못하게 된 유군상의 전신에서 보랏빛 마기가 이글거리며 타올랐다.
 "일단 진정하시지요, 대주님."
 유군상의 불타는 시선이 옆을 향했다.
 그곳에는 호리호리한 체구의 사내가 허리를 굽히고 있었다.
 "서진, 할 말이 있나?"
 염라귀(閻羅鬼) 서진.
 혈랑대의 하나 남은 부대주이자 현재로서는 유일하게 유군상에게 조언을 할 수 있는 인물이다.
 "언씨세가에는 본교의 정보가 미치지 못한 의외의 인물이 있을 것이라 군사님께서 이야기하셨습니다."
 "그래서?"
 "그 의외의 인물에게 기대를 걸어 보심이 좋을 듯합니다. 운이 좋으면 대주님께서 즐기기에 부족함이 없을지도 모르니까요."

"흐……."

뚜둑—

어깨뼈를 풀어내며 유군상이 웃었다.

"아무쪼록 네 말이 맞기를 바라야겠구나."

이왕 나온 걸음이다.

빈손으로 돌아갈 수도 없는 일.

"습격은 오늘 새벽에 한다. 그때까지 저놈들이 도망칠 수 있는 모든 퇴로를 파악해 두도록."

"존명!"

"씨를 말려 버려야겠구나."

그렇게라도 하지 않으면 여기까지 헛걸음한 분노가 조금도 풀리지 않을 것 같이 느껴지는 유군상이었다.

2.

무랑은 그 괴상한 사내가 사라진 이후 내리 앓았다.

원인은 알 수 없었지만 무랑은 계속 자리에서 일어나지 못하고 끙끙 앓기만 했다.

참으로 지독한 열병(熱病)이었다.

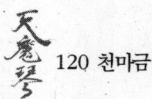

그러다 그가 정신을 차렸을 때는 이미 그 사내가 사라지고 나흘이 지난 새벽 무렵이었다.

자리에 누워 있던 사내는 게슴츠레하게 눈을 뜨고 주변을 둘러보았다.

좋지 않은 느낌이 들었다.

피부에 닿는 공기가 따끔거렸다.

상체를 일으켜 밖을 바라보자 창밖에 노을이 져 있었다.

'아니, 이건 노을이 아니다.'

노을처럼 보인 것은 불이었다.

사방에 화광(火光)이 충천해서 그것이 노을로 보인 모양이었다.

그것이 눈에 들어와 인식한 순간 갑작스럽게 주변의 소란스러움이 또렷하게 느껴졌다.

악다구니를 치는 소리와 비명, 온갖 병장기들이 부딪치는 소리가 귓가에 희미하게 들려왔다.

무언가 사달이 난 모양이었다.

사내가 문을 열고 밖으로 나가니 분주하게 움직이고 있는 사람들의 모습이 눈에 들어왔다.

"빨리 후원의 아녀자와 아이들부터 산으로 대피시켜!"

"서둘러, 곧 있으면 이곳까지 악적들이 쳐들어올 거야."

언씨세가의 무인들 몇 명이 허둥지둥 아이들과 여인들을 인솔해 가기 시작했다.

 애써 침착하려 했지만 그들 얼굴에 드러나 있는 두려움은 아무래도 숨길 수가 없었다.

 '누가 침입해 온 모양이군.'

 누굴까?

 사내는 문지방에 기대어 잠시 사태를 관망했다.

 그러다 문득 머리가 빠개질 듯한 고통을 느끼며 얼굴을 찡그렸다.

 동시에 떠오르는 기억의 잔상들.

 "젠장……."

 사내는 뒤쪽에 놓여 있던 칠현금을 챙기며 자리에서 일어나, 아직 남아 있는 무인에게 다가가 물었다.

 "적들은 지금 어디까지 왔소?"

 "지금 막 취의청을 넘어서 진언청으로 몰려오고 있을 거요. 헌데 그건 왜……."

 무인은 말을 하다 말고 눈을 동그랗게 떴다.

 방금 전까지 눈앞에 있던 사내의 신형이 어느새 사라져 있었기 때문이다.

3.

"이건 너무 쉽군."

과거 천하오대세가 중 하나이자 현재 사천 지방의 패자인 언씨세가였다.

소위 잘나가는 집안이라 불리는 곳.

그래도 꽤나 격렬한 저항을 예상했는데 이건 쉬워도 너무 쉬웠다.

가주인 언극륜을 비롯한 수뇌부 몇몇을 제외하면 저항이라고 부를 것도 없었다.

그냥 겁에 질린 양 떼.

그 사이를 움직이는 혈랑대원들은 말 그대로 피를 뒤집어쓴 늑대들이었다.

"너무 쉬워……."

혈랑대의 부대주 서진은 얼굴을 찡그렸다.

저 뒤편.

장지문 앞에 굳은 얼굴로 서 있는 혈랑대주, 한마 유군상을 만족하게 할 만한 상대는 도저히 찾을 수가 없었다.

그나마 기대했던 화경의 고수인 언극륜조차도 혈랑대원 다섯 명의 협공에 겨우겨우 버티고 있을 뿐이었다.

"이거 나중에 내가 욕먹겠는데……."

염라귀 서진은 소매에 넣어 놓았던 손을 꺼내어 뒷머리를 긁적였다.

이러다가 괜한 된서리를 맞을 판이었다.

그때.

퓽—

작은 바람 소리와 함께 무언가가 쏘아져 왔다.

그게 무엇인지 채 깨닫기도 전에 눈앞에서 언극륜과 싸우고 있던 혈랑대원 다섯 명이 갑자기 썩은 짚단처럼 옆으로 쓰러졌다.

"어?"

무슨 일일까?

서진이 갑작스러운 상황 변화에 눈을 깜빡이고 있을 때.

콰콰콰콰—

하늘에서 갑자기 푸른색 강기 다발이 무더기로 떨어져 내리기 시작했다.

"모, 모두 피해라!"

쾅쾅쾅—!

폭음은 사방이 도끼로 패인 듯한 깊숙한 상흔을 남겼다.

그리고 언씨세가의 무인들을 몰아붙이고 있던 십수 명의 혈랑대원이 이번 일격으로 고깃덩어리로 변해 버렸다.

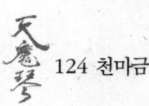

염라귀 서진은 하얗게 질린 얼굴로 장 내를 응시했다.
"도대체 이게 무슨……."
사태 파악이 전혀 되지 않았다.
아니, 사실 믿고 싶지 않은 것이 솔직한 마음이었다.
생사고락을 함께해 온 대원들.
그들이 너무도 순식간에, 너무도 허무하게 죽어 갔기 때문이다.
천천히 서진은 장 내를 둘러보았다.
그러자 한 사내가 서 있는 것이 시야에 들어왔다.
마치 소풍이라도 나온 듯 편안한 복장.
그리고 너무도 헐렁해 보이는 표정으로 주변을 둘러보고 있는 사내.
"네놈은 누구냐……."
장원 중앙으로 점점 걸어 나오는 그 사내가 지금 이 모든 사태의 원흉임을 서진은 한눈에 알았다.
"이름을 말해라."
웅웅웅—
서진의 양 소매가 걷히고 거기서 붉은색 강기가 맺힌 짧은 괴(拐; 쇠몽둥이)가 나타났다.
양손에 괴를 하나씩 든 서진은 핏발 선 눈을 한 채 한 걸음씩 앞으로 걸어 나갔다.

중앙에 멈춰 선 그 사내는 그런 서진을 보면서도 신경 쓰지 않는 듯한 무표정한 얼굴이었다.
그때.
"서진, 물러서라."
염라귀 서진은 움찔 몸을 떨었다.
그리고 떨리는 음성으로 입을 열었다.
"대주님…… 이건……."
"물러서. 명령이다."
서진은 잠깐 머뭇거렸지만 곧 짐승의 그것과도 같은 신음을 흘리며 뒤로 물러섰다.
아무리 흥분했어도 혈랑대주의 명령은 거역할 수 없었다.
서진이 물러서자 유군상이 천천히 앞으로 걸어 나갔다.
"네가 군사가 말했던 그 의외의 인물인가 보군."
한마 유군상.
혈랑대의 대주는 신중한 얼굴로 느긋하게 사내를 향해 걸어갔다.
그리고 정확히 사내와 석 장의 거리를 두고 멈춰 섰다.
"확실히 굉장해."
가까이에서 보니 확실히 느껴졌다.
이 엄청난 압박감.
천마신교 십대무력단체 중의 하나인 혈랑대.

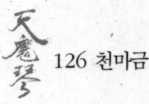

그곳 대주인 유군상의 무위는 다른 무력 단체의 주인들보다 유별나게 강한 편이었다.

화경의 고수.

그것도 무려 통천의 단계에 이른 고수였다.

천마신교의 17태상과 동급의 무위.

허나…….

"크흐흐……."

한마 유군상.

그는 본인도 모르게 덜덜덜 떨려 오는 팔다리를 숨길 수 없었다.

상대방의 무력이 얼마나 어마어마한 것인지 뼈저리게 느껴졌기 때문이다.

"크흐, 그 나이에 무신지경이라니……. 도대체 네놈이 어디에서 떨어진 놈인지 감도 잡히지 않는군. 네놈 이름이 뭐냐?"

장내에 서 있던 사내는 유군상을 똑바로 응시했다.

그리고 느릿하게 입을 열었다.

"내 이름은 서문무휘."

"서문……무휘?"

뒤쪽에 서 있던 염라귀 서진의 눈동자가 크게 뜨여졌다.

"설마 잔혹마검?"

"그렇게도 부른다고 하더군."

한마 유군상의 눈빛이 차갑게 식었다.

그러자 가늘게 떨리고 있던 그의 전신이 멈춰졌다.

"이로써 네놈을 반드시 죽여야 하는 이유가 하나 더 늘었다."

서문무휘는 하얀 치아를 드러내 보이며 웃었다.

"가능하다면 해 봐도 좋겠지."

"이 노옴!"

푸아악—!

한마 유군상의 몸에서 보랏빛의 마기가 폭발하듯 터져 나왔다.

동시에 그가 세상에 자랑하는 마황폭류도(魔皇暴流刀)가 그의 손에서 펼쳐졌다.

거리는 불과 석 장.

허나 서문무휘는 전혀 긴장하지 않았다.

오히려 눈을 초승달처럼 만들며 여유롭게 말했다.

"우선은 하나."

피읏—

서문무휘의 손이 위에서 아래로 그어졌다.

그걸로 끝.

한마 유군상의 시야에 마지막으로 맺힌 것은 세상이 둘로

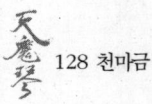

갈라지는 모습이었다.

쿵— 쿠웅—

양쪽으로 쪼개져 쓰러지는 유군상의 시체를 보며 서문무휘가 입을 열었다.

"다음은 누구지?"

투각—

염라귀 서진은 이미 유군상이 쓰러진 그 순간 신형을 날리고 있었다.

그는 붉은 강기에 물든 짧은 괴가 들린 양손을 풍차처럼 회전시키며 서문무휘를 향해 쇄도하고 있었다.

4.

"이것으로 은혜를 갚은 셈 쳐도 되겠습니까?"

사방에 피가 흥건했다.

그리고 사내를 중심으로 수백 명의 시체가 둥근 원을 그린 모양으로 쌓여 있었다.

그 모두가 오늘 언씨세가를 습격해 온 혈랑대원들의 시체였다.

언씨세가의 주인, 언극륜은 그 모습을 복잡한 눈빛으로 바라보고 있었다.

"기억이 돌아온 건가."

"예."

"언제 돌아왔나?"

"조금 전에 돌아왔습니다."

언극륜은 작게 한숨을 내뱉었다.

"……그대가 잔혹마검이었나."

"그렇다고 하더군요."

현재 강호를 가장 떠들썩하게 만들고 있는 무인.

그게 바로 잔혹마검이었다.

"그렇다면 자네는 이들과 같은 마인(魔人)이 아닌가? 마인이 마인을 죽여도 되는 것인가?"

서문무휘는 고개를 갸웃거렸다.

"죽이려 달려드는데 곱게 죽어 줄 만큼 착한 성격은 되지 못해서요."

"아무튼 자네는 마인이겠지?"

"예, 굳이 말하자면 그렇게 되긴 하겠군요."

"그럼 본가는 마인의 도움을 받은 것인가?"

서문무휘는 결국 쩝 하고 입맛을 다셨다.

정과 사는 양립할 수 없다는 이 뿌리박힌, 고정적인 사고방식 때문에 언극륜이 지금 괴로워하고 있는 것이 눈에 보였기 때문이다.

"그냥 빚진 것을 갚았다고 생각해 주십시오. 그게 서로에게 편할 듯싶습니다."

"……."

언극륜은 무언가 할 말이 많은 것 같았지만 서문무휘는 고개를 저었다.

"더 이상 말해 봐야 서로가 힘들어질 뿐입니다."

고마움도 미안함도 가질 필요가 없었다.

정파와 사파는 세불양립이니까.

딱 이 정도로 관계를 정리하는 것이 서로에게 좋을 것이다.

"……떠날 건가?"

서문무휘는 고개를 끄덕였다.

"만나 봐야 할 사람이 있습니다."

언극륜은 시선을 잠시 뒤로 돌렸다.

그러자 두려움에 잠겨 떨고 있는 세가의 사람들이 눈에 들어왔다.

그들을 힐긋 보다가 언극륜은 결국 한숨을 내쉬며 말했다.

"고맙네. 자네가 아니었으면 본가는 분명히 오늘 멸문지화를 당했겠지."

서문무휘의 눈동자가 일순 커졌다.

지금 언극륜이 얼마나 하기 힘든 말을 한 것인지 잘 알았기 때문이다.

무어라 대답해 주어야 할까?

잠시 생각하던 서문무휘는 곧 고개를 끄덕이며 말했다.

"저 역시 생명을 구해 주신 은혜 감사합니다."

"자네가 왜 잔혹마검이라 불리는지는 잘 모르겠지만……되도록 손속에 인정을 두었으면 하네."

"노력해 보지요."

언극륜은 고개를 끄덕였다.

그것이면 되었다.

"그럼 전 이만……."

서문무휘는 신형을 허공에 날렸다.

그때까지는 미처 몰랐다.

오늘 벌인 일을 계기로 서문무휘에게 파천마룡(破天魔龍)이라는 별호가 생기게 될 줄은…….

아무튼 언극륜을 비롯한 언씨세가의 무인들은 벌써 하나의 점으로 사라진 서문무휘의 뒷모습을 혼이 빠진 듯 멍한 시선으로 바라보고만 있었다.

제9장

서문세가(西門世家)

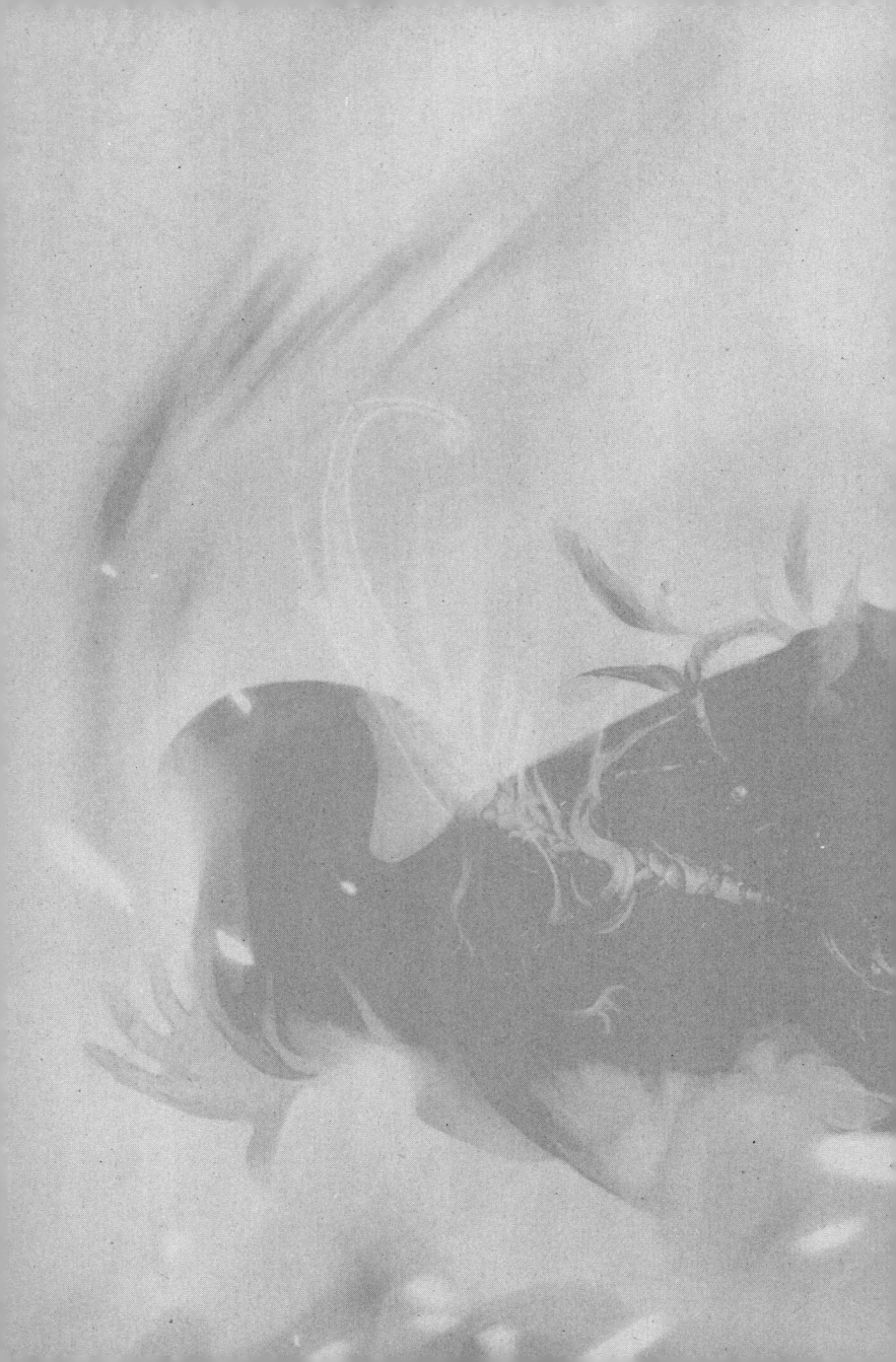

"자네 그 소문 들었는가?"
"파천마롱에 대한 소문 말인가?"
"어라? 벌써 알고 있었나?"
"예끼! 장안에 그 소문을 모르는 놈도 있나? 삼척동자도 다 알고 있는 사실이구만."

발 없는 말이 천 리를 간다는 속담이 있다.

서문무휘가 단신으로 천마신교 십대무력단체 중 하나를 괴멸시켜 버린 일은 강호에 큰 충격을 몰고 왔다.

강호는 기억하고 있던 것이다.

천마신교.

그곳에 속해 있는 십대무력단체의 어마어마한 힘을.

그것을 혼자서 박살 내 버린 서문무휘라는 이름은 그의 스승이었던 신마 백무량이라는 존재와 함께 섞이면서 조금씩 조금씩 강호에서 거대한 이름이 되어 가고 있었다.

"너무 늦었다."

"……"

서문무휘는 입을 다물고 걸었다.

그러다 눈앞에 모습을 드러낸 무덤을 보자 자신도 모르게 솟구쳐 올라오는 눈물을 억제하려고 애를 썼다.

태악장(太樂長) 서문장천지묘(西門長天之墓)

"할아버님은 돌아가시는 그날까지 너를 찾으셨다."

"……"

가슴이, 마음이 먹먹해졌다.

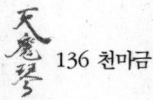

살면서 후회한 것이 많았지만 이번만큼 후회되는 일은 없었다.

서문세가에서 유일하게 따스한 정을 보여준 사람.

스승님을 제외하고 인생에서 가장 소중한 사람이자 버팀목이었던 분.

'할아버지······.'

머릿속에 온갖 미안함과 죄스러움이 복잡하게 섞이다가 마침내 붉게 충혈된 눈을 통해 흘러나오려 했다.

그 모습을 보고 있던 서문무호는 결국 밖으로 나가 자리를 피해 주었다.

그제야 서문무휘는 눈물을 흘렸다.

자신이 돌아온 것을 세가에 알릴 수 없었기에 소리를 최대한 죽이고 끅끅거리며 울었다.

그렇게 얼마나 울었을까?

울다가 지쳐서 바닥에 쓰러져 있을 때 서문무호가 조용히 돌아왔다.

그제야 그의 혈육이자 하나뿐인 형님인 서문무호의 얼굴을 제대로 볼 수 있었다.

몰라보게 수척해진 얼굴.

당당하고 오만한 눈빛은 여전했지만 왠지 모르게 그 눈빛이 상당히 부드럽게 느껴지는 것은 혼자만의 착각일까?

서문세가(西門世家) 137

"미련은 다 털어 내었느냐?"

서문무휘는 고개를 작게 끄덕였다.

생각해보니 아무에게도 방해받지 않은 채 세가에도 비밀로 하고 이곳에 혼자 들어올 수 있었던 것.

그것은 아마도 서문무호가 뒤에서 손을 써 주었기 때문일 것이다.

그 생각이 막 머릿속을 스쳐 지나갈 때.

서문무호가 입을 열었다.

"아직도 너는 내가 밉더냐?"

서문무휘는 순간 말문이 막혔다.

왜일까?

당연히 미웠고 거북했던 형님인데 왜인지 쉽게 대답할 수가 없었다.

"나는 말이다……. 네가 두려웠다."

서문무호는 서문무휘의 옆에 털썩 앉으며 천천히 그리고 느릿한 어조로 입을 열었다.

"네가 가진 재능이 두려웠고, 네가 가진 열정이 두려웠다."

서문무휘가 얼음처럼 굳어 있건 말건 서문무호는 모르는 척 자기의 할 말만 풀어내기 시작했다.

"알고 보면 나는 참 겁이 많은 사람이다. 그랬기에 너를 죽이려 했었지."

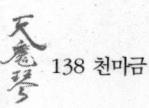

그런 이유로는 결코 정당화될 수 없었다.

당하는 입장에서는 공포, 그것 외에는 아무것도 아니었으니까.

헌데 이런 이야기를 갑자기 왜 하는 것일까?

서문무휘는 서서히 이 자리가 불편해지기 시작했다.

그런 서문무휘의 마음을 읽기라도 한 것처럼 서문무호가 말을 이었다.

"네가 그런 나를 이해해 주거나 용서해 주길 바라는 건 아니다."

"……허면 무슨 뜻으로 하는 말입니까?"

"돌아가시기 직전, 할아버님의 유언이 있었다."

"무슨……."

"너에게 솔직하게 털어놓으라고 하더군. 이런 식의 대화는 별로 내 방식이 아니지만 돌아가신 분의 유언까지 거역할 수는 없겠지."

서문무휘는 문득 서문무호의 말끝이 살짝 떨리고 있음을 알아챘다.

그러자 의문이 생겼다.

정말 할아버지가 그런 유언을 남기셨던 걸까?

그 의문은 질문이 되어 입안에서 맴돌았지만 결국 입 밖으로는 꺼내지 못했다.

"강호로…… 돌아갈 거냐."

"예, 제가 있을 곳은 거기니까요."

"그래, 그렇겠지."

바로 옆에 붙어 있어서일까?

서문무호의 작은 태도의 변화도 지나치게 직접적으로 느껴졌다.

그래서 빨리 이 자리를 벗어나고 싶은 마음이 들었다.

서문무휘는 자리에서 벌떡 일어나며 말했다.

"그럼 가 보겠습니다."

"……그래라."

막 신법을 펼쳐 그 자리를 벗어나려는데 서문무휘의 예민한 귀에 서문무호의 중얼거림이 희미하게 들려왔다.

"언제든지 할아버님이 뵙고 싶다면 돌아와라. 기다리고 있으마."

잘못 들었던 걸까?

다시 돌아가 물어봐야 할까?

서문무휘는 고개를 저었다.

지금은 돌아가서 물어볼 엄두가 도저히 나지 않았기 때문이다.

'일단 강호의 일이 우선이다.'

스승님은 돌아가시지 않았다.

왜 돌아가신 척 천하를 속인 것인지는 알 수 없지만 스승님의 복수는 더 이상 서문무휘를 움직이게 할 이우가 되지 못했다.

하지만 사막왕 야율황.

그놈에게만은 꼭 복수를 해야 했다.

'위형……'

위진영.

서문무휘의 호위 무사였던 그의 죽음을 지금도 똑똑히 기억한다.

그때 뼛속 깊이 새겼던 이 원한을 이제는 되갚아 줘야 할 때였다.

제 10 장
사도치

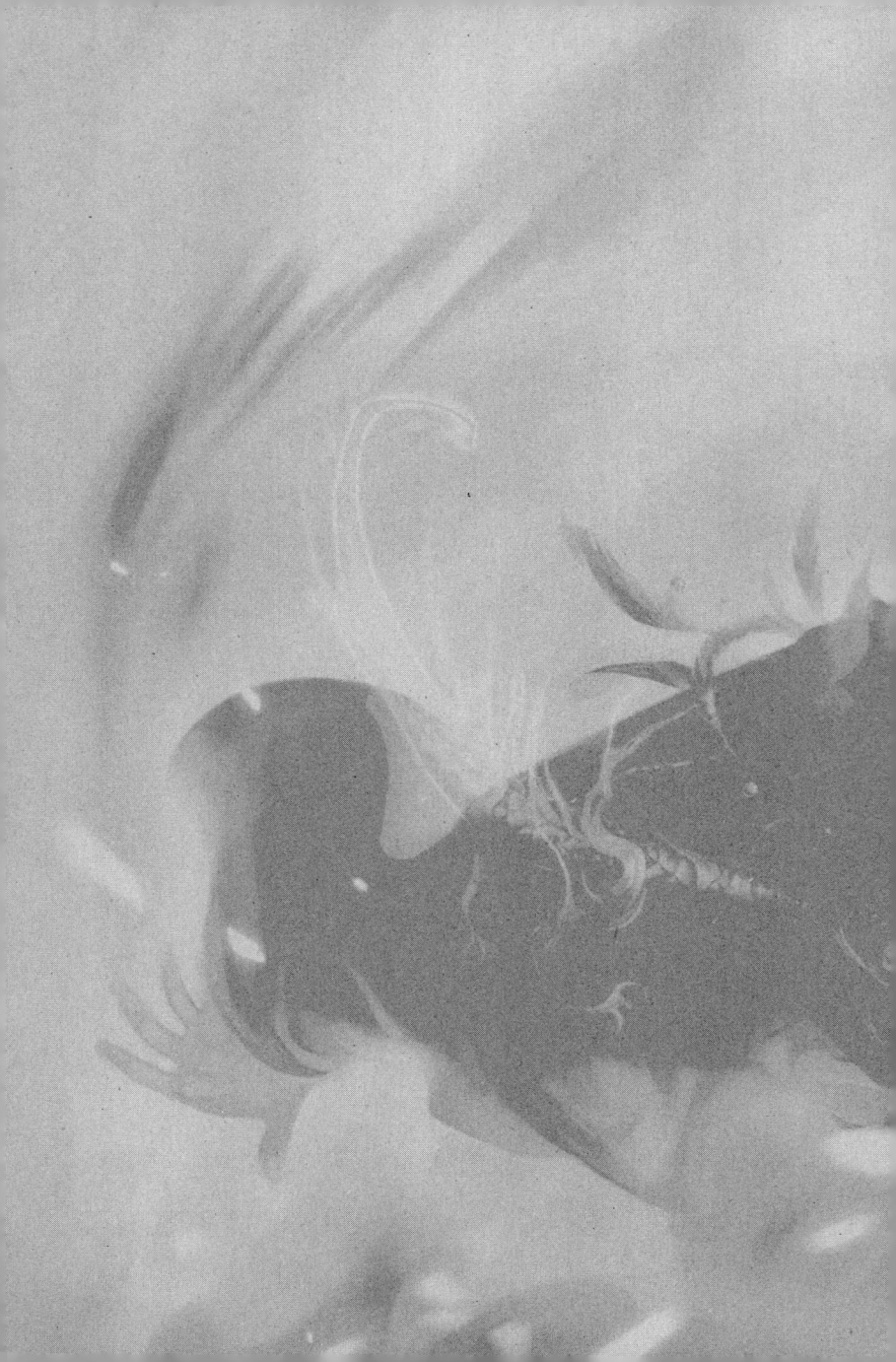

나는 세상에서 가장 싫어하는 것이 두 가지가 있다.
바로 거짓말과 변명이다.
여태껏 내 앞에서 거짓을 말해서 사지가 멀쩡하게 돌아간 놈은 단 한 명도 없었다.
난 뒷세계의 왕.

낭인왕(狼人王)이자 흑야(黑夜; 어두운 밤)를 관조하는 지배자.

그런 지극히 이성적이고 냉철한 나에게 처음으로 남들에게 말하지 못할 비밀이 생겼다.

"푸후, 미치겠군."

낭인왕 사도치(獅刀治).

그는 입에 물고 있던 연초를 깊게 빤 후 뿜어내며 툴툴 웃어 보였다.

"너 뭐냐?"

젊은 놈이었다.

아니 좀 더 정확하게는 어린놈에 가까웠다.

사도치는 바닥에 쪼그려 앉아 그 젊은 놈과 눈높이를 맞추었다.

그리고 다시 한 번 말했다.

"뭐하는 놈이냐고, 너."

젊은 놈은 대답하지 않았다.

그저 흐릿하게 웃을 뿐이었다.

사도치는 연초를 손가락으로 문질러 끄며 말했다.

"아무튼 거기는 내 자리야. 비켜."

흔들리는 배 위였다.

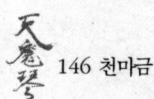

넓은 선실에 앉아 있다가 잠깐 자리를 비웠을 뿐인데 저놈이 그곳을 제자리마냥 앉아 있었다.

딱히 좋은 자리는 아니었다.

헌데 이 넓은 선실에서 하필이면 사도치가 앉았던 자리에 저놈이 앉아 있었다.

그래, 거기까지는 용납해 줄 수 있었다.

헌데 저놈은 마치 '여기가 네놈이 앉았던 자리여서 일부러 뺏은 거야'라는 눈빛으로 바라보고 있지 않은가?

이건 용납이 되지 않는 일이다.

"한 번 비켰으면 그쪽 자리는 아니지."

"이봐, 내가 줄곧 거기 앉아 있던 거 못 봤어? 그리고 네가 지금 누구한테 시비 거는 줄이나 알고 있는 거냐?"

"잘 모르겠는데?"

"알게 해 주지."

그들 주변에 앉아 있던 사람들이 험악한 분위기에 슬금슬금 밖으로 도망치기 시작했다.

괜한 싸움에 얽히는 게 무서운 것이리라…….

'기분 나쁜 놈.'

사도치는 사내의 맑은 눈을 보면서 왠지 모르게 꺼림칙한 느낌이 들었지만 곧 그 생각을 지웠다.

누구에게나 공평해야 한다.

상대가 젊은 놈이든 늙은 놈이든.

그런 것을 일일이 봐주다가는 제 밥그릇 언제 뺏긴 줄도 모르고 쓰레기통에 고개부터 처박히게 될 것이다.

그것을 너무나도 잘 알고 있는 사도치였다.

그는 가볍게 젊은 놈의 팔 하나 정도만 부러뜨려 줄 생각으로 손을 뻗었다.

헌데…….

후웅—

"응?"

쿵—!

사도치는 갑자기 시야에 들어온 천정을 올려다보며 잠시 멍청한 얼굴을 했다.

좀 전에 무슨 일이 있었는지 언뜻 파악이 안 되었기 때문이다.

그러다가 잠시 후 그는 자신이 바닥에 던져졌다는 사실을 깨닫고 벌떡 일어서 뒤로 훌쩍 물러났다.

"과연…… 평범한 놈은 아니다 이거지……."

뚜둑—

사도치는 손가락 관절들을 풀어 주며 히죽 웃었다.

믿는 구석이 있으니 여태 저렇게 당당하게 앉아 있었던 거였나 보다.

"재밌는데, 꼬맹이? 자, 어디 또 한 번 해봐."

사도치는 웃으며 한쪽 팔을 앞으로 내밀었다.

방심했다곤 하지만 상대의 공격을 보지 못했다는 것이 불쾌했기 때문이다.

그것은 자존심 문제였다.

그리고 그가 익힌 무공에 매우 미안한 일이었다.

허나…….

쿵—

천정이 빙글 돈다고 느낀 순간 사도치는 또 바닥에 널브러져 있었다.

"이거 정말 재미있군."

사도치는 바닥에 등을 대고 누운 그 상태 그대로 품에서 연초를 꺼내 입에 물었다.

그리고 흐흐 하고 웃었다.

여태껏 남들에게는 단 한 번도 말한 적 없었지만 사도치는 사실 무공을 배웠다.

그것도 시중에서 떠도는 어중이떠중이가 아닌 정말 제대로 된 무공.

그래서 강호인들조차도 그 이름을 들으면 억하고 비명을 터트릴 만한 그런 대단한 무공을 말이다.

"푸후…… 무덤에 있는 그 영감탱이가 지금 이걸 봤으면 뭐라 욕했을까 궁금하군."

그동안 여러 가지 사정이 있어서 무공을 익힌 사실을 드러내지 않았다.

아니, 드러냈어도 사람들이 알아보지 못했다.

남들이 알아볼 수 없는 종류의 그런 특이한 기공을 익히고 있었기 때문이다.

"이봐, 꼬맹이."

사도치는 느릿하게 일어나 연초에 불을 붙였다.

그리고 웃었다.

이건 생각보다 제대로 된 놈이었다.

어디서 이런 놈이 튀어나온 걸까?

"나도 오랜만에 하는 거라 잘 안될지도 모르겠는데……."

우두둑—

뼈가 맞물리는 소리가 시원하게 울리며 전신의 감각이 크게 열렸다.

낭인왕을 아는 사람이라면, 적어도 그에 대한 소문을 들은 사람이라면 이 소리가 지금 무엇을 의미하는지 알고 공포에 떨었을 것이다.

"자, 아까와는 다를 거야. 어디 다시 한 번 해보자."

사도치는 팔을 앞으로 내밀었다.

사내의 고개가 살짝 갸웃거렸다.

무언가를 눈치챈 것일까?

그 순간.

쉬이익—

'보인다.'

놈의 움직임이 이번에는 보였다.

아니, 좀 더 정확하게 말하자면 느껴졌다.

하지만…….

쿵—

사도치는 다시 바닥에 누웠다.

전력을 다했는데 진 것이다.

허나 약간의 변화는 있었다.

그전처럼 등으로 누운 것이 아닌 옆으로 비스듬히 누워 있었던 것이다.

"……난감하군."

사도치는 손으로 눈을 가렸다.

면목이 없었다.

지금 그가 익힌 무공에게 몹시 미안했다.

포룡수(捕龍手).

포호박(捕虎搏).

합쳐서 수박(手搏)이라 불리는 무공.

근접난타전.

즉 산타(散打)에 있어서는 타의 추종을 불허하는 최강의 무공이었다.

신마 백무량이 등장하기 전.

절대십객(絶代十客)이라 불렸던 열 명의 고수가 있었다.

수박은 그 절대십객 중에서도 최강자였던 망혼객(忘魂客)의 독문무공이었다.

망혼객은 백무량이 등장하기 직전에 세상에서 홀연히 모습을 감추어 버린 절대고수였지만 아직도 많은 노고수들이 그를 기억하고 있었다.

망혼객은 신마 백무량처럼 화려하게, 눈에 띄는 방식으로 강호에 등장하지는 않았다.

하지만 백무량에 비견될 만큼 강했고, 수박(手搏)으로 무림을 독보(獨步)했었다.

한참 동안 그대로 누워 있던 사도치가 잇새에 물었던 연초를 옆으로 뱉고는 비실비실 일어나며 말했다.

"못난 꼴을 보였군. 애송아, 오늘은 니가 이겼다."

자신이 고작 이런 허접스러운 싸움에서 패하게 될 것이라고는 상상도 하지 못했다.

그동안 정진하지 않은 티가 났다.

씁쓸함이 입안 가득히 넘실거렸다.

스승의 은원을 정리해야겠다고 마음먹을 즈음 원수가 허

망하게 죽어 버렸다는 소식을 들었다.

그래서 멍청하게 세월을 보낸 것이 화근이었나 보다.

"그러고 보니 이름이 뭐냐, 애송아."

젊은 사내는 그제야 느릿하게 입을 열었다.

"서문무휘."

"서문무휘? 어디서 많이 들어 본 이름인데?"

잠깐 고민하던 사도치는 곧 머리를 벅벅 긁었다.

"내 이름은 사도치다."

서문무휘는 흰 이를 드러내 보이며 히죽 웃었다.

사도치라는 이름이 굉장히 특이했기 때문이었다.

"그리고 난 이 자리를 포기하지 않을 거다, 애송아."

"좋을 대로."

"내일 또 붙어 보자."

사도치가 비틀거리며 사라지는 것을 보고 있던 서문무휘는 자신의 소매를 슬쩍 들어 보았다.

그의 소매 끝은 마치 예리한 갈고리에 뜯긴 것처럼 끊어져 나가 있었다.

'과연……'

사도치.

본인은 아는지 모르는지 알 수 없으나 그는 굉장히 특이한 무공을 익히고 있었다.

그래서 호기심에 그만 시비를 걸어 버렸다.
'심심하지는 않겠군.'
섬서성으로 가는 뱃길이었다.
한동안 무료했었는데 재미있는 유흥 거리가 생겨서 다행이라 생각하는 서문무휘였다.

제11장
망혼객

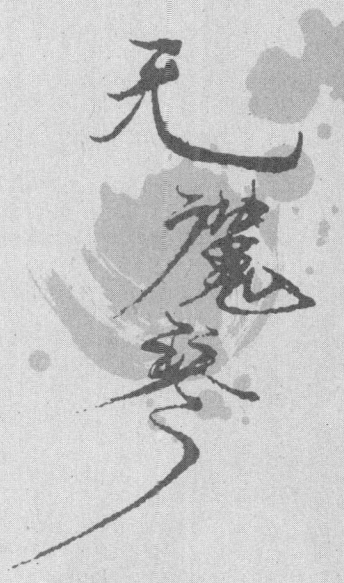

"너도 이놈들과 한패냐, 애송아."

겉으로 보기에는 그냥 평범한 영감이었다.

왜소한 몸집에 주름투성이, 눈에 보이는 피부에는 전부 검버섯이 피어 있는 그런 늙은이 말이다.

길가에 흔하게 볼 수 있는 그런 영감탱이였다.

평소라면 그냥 지나쳤을 테지만 이 늙은이 주변에 병풍처럼 쓰러져 있는 놈들이 문제였다.

저놈들은 이 동네에서 제법 악명이 높은 사갈단(蛇蝎團) 놈들이 아닌가?

언뜻 보아도 서른 명은 되어 보이는데 그들을 떡처럼 주물러 놓은 게 저 왜소한 영감이라는 사실이 쉽게 수긍이 가지 않았다.

"네놈도 한패면 동료들의 복수를 해야겠지. 사양하지 말고 이리 와라, 강아지야."

늙은이는 음충맞게 웃으며 손가락을 까딱거리기 시작했다.

그 모습에 내가 마뜩잖은 얼굴을 해 보였다.

참으로 못마땅했다.

원래 이놈들은 내 먹이였다.

헌데 이 이상한 늙은이가 괜히 나서서 일을 망쳐 놓았다.

건방진 영감이었다.

"늙은 내가 먼저 가 주랴?"

뚜둑—

노인의 몸에서 나오는 괴상한 소리.

그 소리를 듣는 순간 나는 나도 모르게 뒤로 한 걸음 물러섰다.

이유는 몰랐다.

굳이 말하자면 그냥 위험한 느낌이 들어서였을까?

내가 물러나는 모습을 본 노인의 얼굴에 기이한 열기가 일렁거렸다.

그 얼굴을 보자 괜스레 이상한 기분이 들었다.

전신이 스멀스멀 가려운 느낌.

이게 뭐였지?

뭐였을까?

분명히 겪어 본 적이 있는 감각인데?

그렇게 잠깐 고민하던 그 순간.

스윽—

노인의 신형이 흐릿해졌다가 바로 코앞에 불쑥 나타났다.

그리고 그제야 깨달았다.

'무림인!'

나는 눈을 동그랗게 떴다.

불행히도 눈앞의 영감탱이는 무림인이었던 것이다.

속에서 욕지기가 올라왔다.

무림인을 만났을 때의 감각.

그때 느꼈던 칼날 같은 서늘함을 잊고 있었다니.

이건 맞아 죽어도 할 말이 없을 실책이었다.

'빨라.'

피하기엔 너무 늦었다.

하긴, 애초에 영감의 움직임이 너무 빨라 완벽히 피할 자신도 없었다.

이럴 때는 한 가지 방법뿐이다.

수없이 많은 뒷골목 싸움으로 체득한 궁극의 대처법.

'동귀어진.'

죽는 것을 두려워하면 이 험악한 뒷골목에서는 살아남을 수가 없다.

나는 히죽 웃었다.

'쫄면 지는 거다.'

우득—

반쯤 무의식적으로 나는 주특기인 발차기를 시도했다.

상체를 앞으로 살짝 내밀었다가 순간적으로 허리 근육을 비틀며 다리를 수직으로 들어 올린다.

그리고 하박의 근육들을 쥐어짜 내려찍으면 집채만 한 황소도 일격에 보내 버릴 수 있다.

단점이라면 한 번 쓰고 난 후에는 움직일 수 없을 만큼 전신위 근육이 아파진다는 것이었지만 지금은 어쩔 수 없었다.

나중에야 내가 모르고 쓰던 이것이 원앙각(鴛鴦脚)의 일초라는 것을 알게 되었지만 그때 당시의 나는 그저 한 번 본 것을 내 방식대로 흉내만 내었을 뿐이었다.

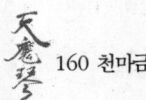

후웅—

여태껏 단 한 번도 실패한 적 없었고, 아무도 피하지 못한 최고의 발차기였다.

바람을 가르는 시원한 소리.

허나 발끝에 걸리는 것은 없었다.

머리카락 한 올 차이로 발차기를 피해 품 안으로 파고든 영감의 모습만이 눈에 들어올 뿐이었다.

"끌끌, 뒷골목 잡놈 주제에 발재간이 제법 그럴싸하구나."

영감이 누런 이를 드러내며 웃는 얼굴이 악귀처럼 보였다.

그리고…….

퍼억—

'헉!'

묵직한 타격음과 함께 비명도 터져 나오지 않을 만큼 뻐근한 통증이 복부에 밀려들었다.

뱃가죽은 물론 장기까지 찌르르 울리는 고통이었다.

억지로 비명을 삼키며 바닥에 주저앉아 영감을 바라보고 있을 때, 영감이 허공에 주먹을 가볍게 털어 내며 말했다.

"푸흐흐, 이 정도면 밥 한 끼 얻어먹은 값 치고는 너무 과한 노동력을 쓴 것 같지만……."

뭔가 괴이쩍은 미소를 흘리며 영감이 등을 보였다.

"뭐, 오랜만에 이렇게 움직여 보는 것도 나쁘지 않구만."

영감은 만족한 얼굴로 허리를 두들기며 걸어갔다.

그 모습에 절로 이가 갈렸다.

"……거기 서, 영감탱이."

"응?"

나는 내장을 울리는 고통에 비칠거리면서도 억지로 자리에서 일어나 자세를 잡았다.

무림인이든 뭐든 눈앞에 있는 건 당장 무덤에 걸어 들어가도 이상하지 않을 노인이었다.

그런 영감탱이에게 이렇게 허무하게 당했다는 것을 도저히 믿을 수가 없었다.

그리고…….

"늙은이, 방금 그거 다시 한 번 해봐. 재밌네."

방금 영감이 보여준 몸놀림.

그것은 내가 여태껏 보아왔던 것과 그 궤(軌)를 달리하는 새로운 몸놀림이었다.

일어서서 가만히 호흡을 고르는데 갑자기 입안에서 비릿한 쇠붙이 맛이 났다.

'응?'

다시 한 번 숨 고르기를 하자 몸 안 여기저기에서 비명을 질러댔다.

그리고 근육이 꼬인 것 같은 통증이 온몸에서 올라왔다.

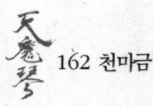

어딘가 이상이 생겨도 심각한 이상이 생긴 게 분명했지만 지금 그런 것은 중요하지 않았다.

눈앞에 있는 새로움.

태어나 처음 본 신천지(新天地)를 아프다는 이유로 허무하게 놓치고 싶지 않았다.

"또 해보라고, 영감. 아, 이번에는 내 차례인가?"

내가 앞으로 한 걸음 내딛자 영감탱이는 귀신이라도 본 것 같은 의아한 시선을 나에게 던졌다.

"이놈아, 너 지금 뒈질 만큼 아프지 않냐? 아니, 아니지…… 이건 뒈져도 이상하지 않을 텐데……. 근데 움직이는 데다가 말까지 해?"

영감은 뒤로 주춤 물러서며 무언가를 생각하다가 곧 자괴감이 가득한 얼굴로 자신의 주먹을 쥐었다 폈다 하며 중얼거렸다.

"설마 늙어서 고장 난 건가?"

정말로 충격받은 얼굴이었다.

나는 영감의 그런 표정 때문에 마음이 한껏 불쾌해졌다.

"그런 닭발 가지고 뭘 할 수 있다고……."

"뭐? 다, 닭발?"

영감은 황당하다는 얼굴로 주먹을 들어 보이며 말했다.

"닭발이라고? 이게?"

나는 피식 웃었다.
그러자 영감의 얼굴이 붉게 달아올랐다.
보기 좋은 모습.
나는 천천히 뭉친 근육을 풀고 눈의 초점을 모으며 히죽 웃었다.
"아니면 두부로 만들어졌거나, 둘 중 하나겠지."
"허……허허……."
영감은 허허롭게 웃었다.
그리고 곧 무서운 얼굴로 나를 바라보았다.
"예로부터 미친놈에게는 몽둥이가 약이라 했지."
뚜둑—
또 그거다.
영감탱이의 몸에서 흘러나오는 저 괴상한 소리.
갑자기 전신이 근질거리는 느낌.
그다음에 느껴지는 이 서늘한 감각에 나는 슬쩍 미소 지으며 조용히 심호흡을 했다.
한 번 본 것에는 두 번 당하지 않는다.
그것이 내 자부심이자 자랑이었다.
'그게 무림인이라고 해도 마찬가지야.'
과거에도 무림인들은 몇 번이나 만난 적이 있다.
그놈들도 눈앞의 영감탱이처럼 처음에는 거들먹거리며 여

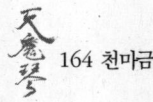
164 천마금

러 가지 재간들을 보여 주었지만 그것뿐이다.

나는 한 번 보고 몸에 새긴 재주들은 결코 잊지 않는다.

무림인들이 내게 보여준 재주들.

그것들을 그대로 써서 그놈들을 짓뭉개 주었다.

눈앞에 있는 영감탱이도 그놈들과 다를 게 없을 터였다.

'온다.'

동공이 크게 확장됐다.

노인의 움직임을 하나도 놓치지 않기 위해 의식을 최고조로 집중한 것이다.

그때.

스윽—

영감이 움직였다.

같은 방식.

여전히 유령처럼 그 어떤 준비 동작도 없이 다가오는 그 괴이한 움직임.

나는 그것을 똑같이 흉내내서 옆으로 피해 주었다.

그러자 영감의 얼굴이 험악하게 찌그러졌다.

하긴 놀랐을 거다.

내가 봐도 너무 똑같았으니까.

'이번에는 내 차례지.'

뚜둑—

주먹을 움켜쥐었다.

그리고 팔 근육들을 최대한 비틀었다가 풀어내며 주먹을 앞으로 뻗었다.

영감이 조금 전 보여주었던 그 일격을 그대로 흉내낸 것이다.

허나 이번에는 뭔가 이상했다.

영감탱이의 입가에 비웃음이 걸렸던 것이다.

그 순간.

우드득—

"큭!"

나는 뻗었던 팔을 움켜쥐고 바닥에 주저앉았다.

무언가 이상했다.

바들바들 떨리고 있는 팔을 들어 보자 뼈가 서로 어긋나며 마구 뒤틀려 있었다.

어떻게 된 거지?

뭐가 잘못된 것일까?

분명히 똑같이 흉내냈는데?

"푸하핫, 이렇게 어설픈 놈을 보았나."

영감은 내 앞에 쭈그리고 앉아 부들부들 떨고 있는 나를 내려다보며 음흉하게 웃었다.

"원숭이도 아니고…… 그게 흉내낸다고 흉내낼 수 있는 것

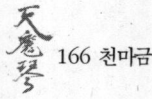
166 천마금

인 줄 알았더냐?"

"……."

노인은 끌끌 소리를 내며 즐겁다는 듯이 웃었다.

"내 오래 살다 보니 이런 좋은 구경도 하는구나. 재미있었다, 강아지야."

껄껄 웃으며 일어서는 노인을 보며 작게 이를 갈았다.

이건 분명히 무언가가 잘못된 것이다.

내가 흉내낼 수 없는 기술이 있다는 것을 그때의 나는 생각하지도 못했다.

"기, 기다려, 영감탱이."

뒤틀린 팔을 억지로 진정시키며 자리에서 일어서려 발버둥치자 영감이 내 가슴팍을 발로 가볍게 짓누르며 말했다.

"까불면 다친다, 강아지야."

이게 천하제일권(天下第一拳)이라 불리는 망혼객.

그 영감탱이와 낭인왕 사도치의 첫 만남이었다.

제 12 장
격풍단

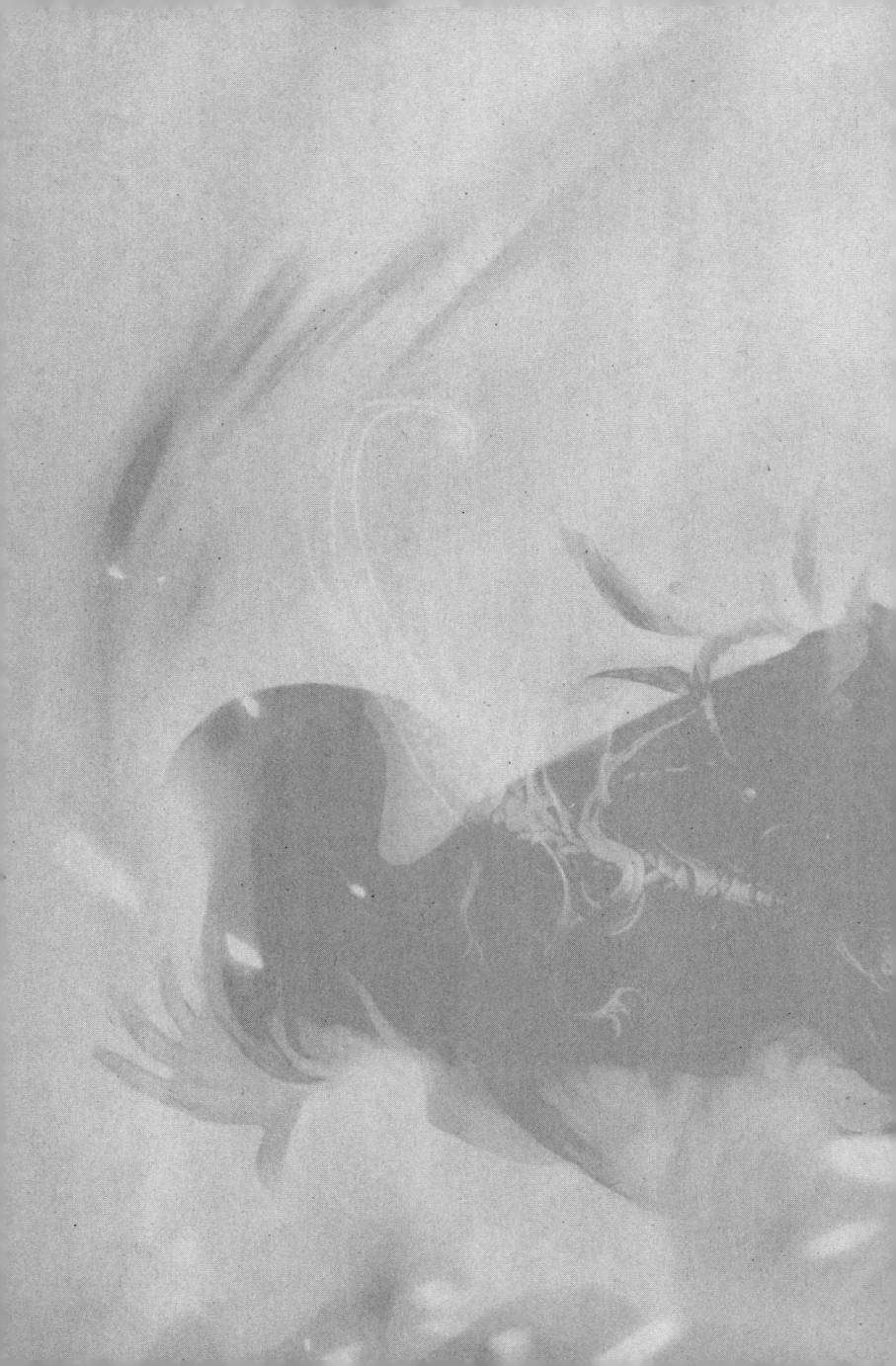

재미있는 사람이었다.
질 것이 뻔한데도 끊임없이 덤벼들었다.
"다시…… 다시 한 번 해보자."
지쳐서 근육이 부들부들 떨리는 게 보이는데 또 덤벼들었다.

저토록 지쳐 보이지만 서문무휘는 결코 얕보지 않았다.

언제나 전력을 기울여 그를 바닥에 패대기쳐 준 것이다.

"이건 말도 안 돼."

사도치는 바닥에 쓰러져 있는 상태 그대로 일어나지도 못하고 인상을 와락 찌푸렸다.

사흘째다.

오늘이 배에서 내리는 날인데 아직 이 애송이가 대체 어떤 수작질을 부리는지조차 알아내지 못했다.

굴욕도 이런 굴욕이 없었다.

"그동안 즐거웠어."

놈은 등에 칠현금을 챙겨 메고 해맑게 웃었다.

이렇게 이놈을 보내도 되는 걸까?

오만 가지 상념에 사로잡혀 있던 사도치는 결국 고민 끝에 입을 열었다.

"어디로 가는 거냐."

"위험한 곳."

"어디냐, 거기가."

"적풍단."

"애송이…… 네놈, 적풍단 사람이었냐?"

놈은 피식 웃었다.

그리고 허리를 숙이며 말했다.

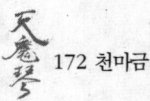

"거길 박살 낼 사람이야."

"뭐?"

사도치가 깜짝 놀라는 얼굴을 하든 말든 서문무휘는 선착장을 향해 걸어가며 말했다.

"살아 있으면 또 보게 되겠지."

그가 그렇게 사라지고 나서도 사도치는 한참 후에야 겨우 배에서 내렸다.

전신에 쑤시지 않는 곳이 없었다.

마지막 날이라고 무리를 한 탓인가 보다.

"끙……."

선착장 근처에 있는 다루(茶樓)에 앉아 아픈 몸을 쉬게 하고 있는데 문득 상인들이 하는 이야기가 들려왔다.

"근데 파천마룡에 대한 이야기 들었는가?"

"왜? 또 그 무서운 녀석이 무슨 짓을 했는가 보지?"

"혼자서 적풍단 산하 지부 여덟 곳을 괴멸시켰잖아. 정말 모르고 있었어?"

"그랬었나? 스승의 원한을 갚으려고 하는 건가?"

"그런 거 같은데? 죽은 백무량이 얼마나 억울했겠어? 고수라는 놈들이 비겁하게 뒤에서 협공이나 하고……."

상인들이 자기들끼리 수군거리는 이야기를 듣고 있던 사

도치는 순간 전신에 소름이 쫙 끼쳤다.

이들이 이야기하고 있는 인물이 누군지 갑자기 머릿속에 떠올랐기 때문이다.

'파천마룡 서문무휘!'

그랬다.

당금 강호에서 가장 유명한 이름이 아닌가?

저 이름이 왜 여태 생각이 나지 않았을까?

스승의 억울한 죽음으로 말미암아 제자가 벌이는 피의 복수는 이제 강호에서 너무나도 흔한 소재가 되었지만 사실 이것만큼 흥미진진하고 재미있는 이야기가 드문 것도 사실이었다.

게다가 천하제일인.

그의 후계자가 행하는 복수였다.

흥미진진하지 않을 리가 없다.

신마 백무량의 제자는 스승의 유지를 그대로 이어받을 수 있을 것인가?

이것은 그야말로 현재 강호에서 가장 뜨거운 관심사가 되어 있었다.

"멍청이······."

이런 중요한 사실을 잊고 있었다니······.

사도치는 안타까움에 가슴을 퍽퍽 때렸다.

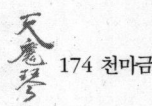

놈을 만나면 꼭 물어봐야 할 것이 있었다.

그의 스승이었던 망혼객.

망혼객 그 늙은이가 정말 백무량의 손에 죽은 것인지 사도치는 꼭 알아야 했다.

그래야 복수를 하든 말든 할 것이 아닌가?

"놈을 다시 찾아야 해……."

사도치는 지친 몸을 억지로 일으켜 성큼성큼 걸어가기 시작했다.

이제는 개인적인 승부가 중요한 것이 아니었다.

평생을 거쳐서 해야 할 복수의 행방이 바로 파천마룡 서문무휘에게 걸려 있는 것이다.

제 13 장
홍예몽

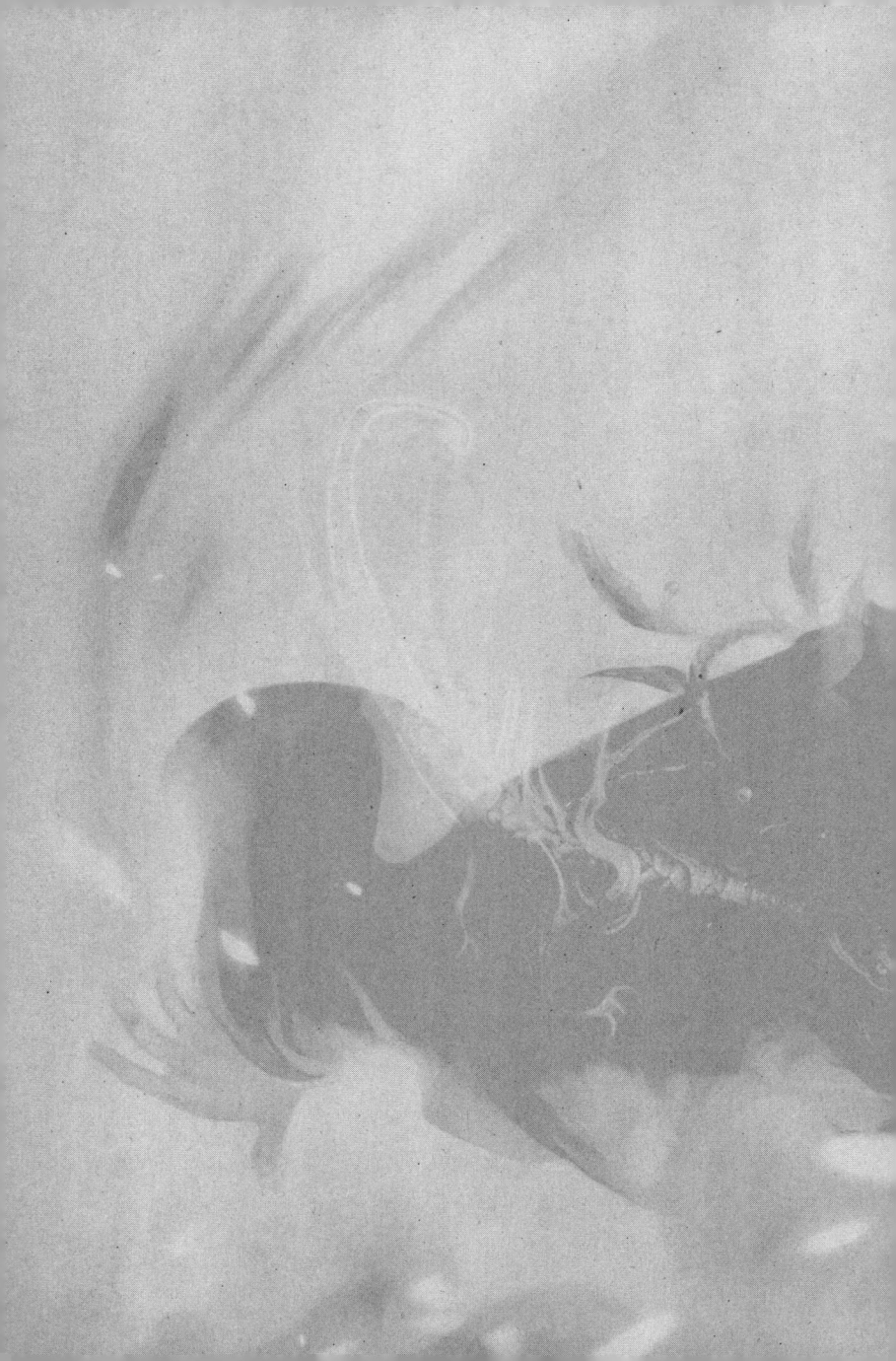

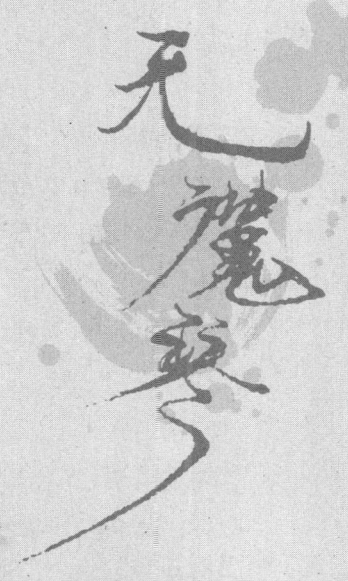

1.

적풍단을 부수러 가기 전에 잠시 쉬려고 들른 객잔이었다.

그곳에서 이들을 만나게 될 것이라고 서문무휘로서는 꿈에도 생각하지 못했다.

"허허, 이거 참…… 오랜만이외다. 못 본 사이에 많은 성취를 이룬 모양이구려."

"할아범, 할아범. 어때? 내 말이 맞았지? 곧 무휘 오라버니를 만나게 될 거라고 했잖아. 느낌이 왔다니까?"

"허허, 그렇습니까?"

"응."

서문무휘는 잠깐 놀란 얼굴을 해 보였다가 곧 평온한 신색으로 돌아왔다.

홍예몽.

그녀와의 만남도 놀랍긴 했지만 그보다 더욱 놀라운 것은 바로 홍예몽의 옆에 앉아 있는 여인이었다.

악소명.

그녀가 왜 홍예몽과 함께 있는 것일까?

"오랜만이에요, 오라버니."

"그래."

홍예몽은 소매 속에 들어 있던 손수건을 꺼내 만지작거리며 수줍은 듯 고개를 숙였다.

"꼭 다시 한 번 만나 뵙고 싶었어요, 헤헤."

서문무휘는 가볍게 한숨을 내쉬었다.

속으로 어떻게 지금 상황을 헤쳐 나가야 할지 난감했다.

이 아이가 자신을 좋아하는 것은 알고 있다.

이렇게 노골적으로 보이는데 눈치채지 못하는 편이 오히려 이상할 것이다.

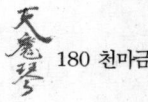

헌데 이렇게 적극적으로 다가오는 것은 아무래도 부담스러웠다.

아니 거북스러웠다.

이것도 익숙지 않기 때문일까?

서문무휘가 그런 고민에 빠져 있는데 갑작스럽게 전음이 들려왔다.

『인기 많아서 참 좋겠다.』

"……!?"

서문무휘의 시선이 자연스럽게 악소명에게 향했다.

그녀는 그녀 특유의 오만하고 도도한 눈빛으로 서문무휘를 쏘아보고 있었다.

헌데 그 시선이 예전보다 더욱 서늘하다 못해 차갑게까지 느껴지는 이유는 무엇일까?

『전음을 사용할 수 있게 됐나? 드디어 그 무공을 완성한 모양이군.』

서문무휘가 전음을 날리자 악소명은 작게 고개를 끄덕였다.

그녀가 막 무어라 말을 하려고 할 때였다.

홍예몽이 갑자기 서문무휘에게 안겨들었다.

"이제는 뭐라고 하셔도 저는 오라버니에게서 안 떨어질 거예요."

"……!"

서문무휘가 당황한 얼굴로 혈추옹을 바라보았지만 그는 먼 산을 바라보고 있을 뿐이었다.

'이 노친네가······.'

왜인지는 모르겠지만 혈추옹은 전혀 말릴 생각이 없어 보였다.

자신과 엮이면 좋은 꼴을 당하지는 않는다는 걸 알 텐데 왜 이러는 것일까?

"어이쿠, 밖에 바람이 많이 부네. 마차 손질이라도 좀 해야 겠구먼."

혈추옹은 아예 밖으로 나간다는 수를 써서까지 자리를 피해 주었다.

이게 대체 뭐 하자는 수작일까?

그때 악소명이 전음으로 말했다.

『다른 거 신경 쓰지 말고 그쪽 애나 잘 챙겨 주시지, 바람둥이 씨.』

"그게 무슨······."

서문무휘가 입을 열어 물어보았으나 악소명은 낮게 콧방귀를 뀔 뿐이었다.

그녀는 잠시 동안 서문무휘를 쏘아보더니 결국 먼저 자리에서 일어나 자신의 방으로 향했다.

그 모습이 조금 어리둥절했지만 일단은 급한 불부터 꺼야

했다.

서문무휘는 찰싹 달라붙어 안겨 있는 홍예몽을 슬그머니 뒤로 밀어내며 말했다.

"헌데 네가 여기는 웬일이냐?"

"오라버니를 찾아 헤매고 있었어요."

"나를?"

"예, 오라버니."

서문무휘는 얼굴을 딱딱하게 굳혔다.

이 철없는 아가씨는 너무 무모했다.

자신이 어떤 사람인지 모르는 건가?

천마신교의 사람이다.

물론 정확하게는 그쪽이 아니라 신마 백무량의 사람이지만.

어찌 되었건 지금 강호에서 가장 위험한 사람이라고 알려져 있는 것이 사실이다.

그런데 이렇게 무모하게 찾아오다니……

"내가 전에 이야기하지 않았던가? 난 너에게 해를 입힐 사람이라고 분명히 말했던 것 같은데?"

"절 겁주려고 하지 마세요. 저도 오라버니에 대해 알 만큼은 다 알아요."

이건 또 무슨 소리일까?

서문무휘가 의아하게 바라보자 홍예몽은 천진난만한 얼굴

로 서문무휘를 올려다보며 말했다.

"지금 오라버니는 억울하게 돌아가신 스승님의 복수를 하시고 계시지요?"

"뭐?"

"이미 소문이 다 났어요. 오라버니가 스승님의 복수를 하기 위해 천하삼패와 싸우려 한다는 소문이요. 그 맨 처음 복수 상대가 바로 적풍단이라고 하던데요?"

그 소문은 서문무휘가 일부러 낸 것이었다.

지금 서문무휘는 스승님의 복수가 아니라 위진영의 복수를 위해서 움직이고 있었다.

위진영을 죽인 놈.

적풍단의 주인, 사막왕 야율황.

그놈을 죽이기 위해 서문무휘는 차근차근 그놈의 팔다리를 잘라 가고 있었던 것이다.

게다가 명분도 확실했다.

대외적으로는 스승의 복수.

이것만큼 훌륭한 대의명분은 없었다.

허나 자세한 상황을 홍예몽, 이 꿈 많고 철없는 아가씨에게 말해 줄 수 없었다.

이 일에 엮이는 것은 지나치게 위험했다.

그리고 결정적으로……

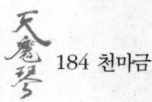

이 아가씨는 서문무휘, 본인의 취향과는 거리가 한참 멀었다. 동생 이상으로는 도저히 느껴지지 않는 것이다.

그러니 한시라도 빨리 멀찍이 떼어 놓는 것이 서로에게 있어서 좋을 터였다.

서문무휘는 단단히 마음을 먹고 얼굴을 굳혔다.

"생각해 보니 일전에 내가 확실하게 이야기하지 못했던 것 같군."

"뭘요?"

냉정한, 그래서 너무도 무정해 보이는 차가운 얼굴로 서문무휘는 웃었다.

"너는 내 취향과는 거리가 멀다."

"……네? 그게 무슨 말씀이세요, 휘 오라버니?"

이런 종류의 쓸데없는 감정 소모는 사람을 참 피곤하게 만드는 것 같다고 생각하며 속으로 혀를 찼다.

서문무휘는 흘러내리는 머리를 뒤로 쓸어 넘기며 말했다.

"꼭 내 입으로 무정한 말을 하게 만드는구나."

홍예몽의 유리알처럼 맑은 눈동자가 가볍게 흔들렸다.

그리고 그녀의 눈동자에 비치는 서문무휘의 표정은 한결같이 얼음처럼 차갑고 냉정했다.

"시집도 안 간 다 큰 처자가 외간 남자에게 덥석 안겨드는 건 대체 어디서 배운 예의와 법도더냐? 참으로 형편 없는 몸

가짐이 아니더냐?"

"오, 오라버니……."

서문무휘의 신랄한 말에 홍예몽의 얼굴이 새하얗게 질렸다.

"나는 그런 너에게 손톱만큼도 마음이 없다. 지금 내가 너에게 미안한 감정이 조금이라도 있다면 그건 예전에 확실하게 내 마음을 말해 주지 않았다는 것, 그것 하나뿐이다."

하얗게 질린 얼굴로 홍예몽이 떨리는 목소리를 숨기지 못하고 말했다.

"저, 절 떼어 놓으시려고 일부러 그러시는 거죠? 저 이제 다 알아요. 이제 안 속을 거예요."

"……."

서문무휘는 미간을 모으고 짜증스럽다는 표정을 해 보였다.

"마음대로 착각하지 마라. 모든 것을 네가 좋은 대로만 생각하는 건 여전하구나. 이래서 나는 네가 싫은 거다."

"오라버니……."

울먹거림.

허나 여기서 멈출 거라면 애초에 시작도 하지 않았을 것이다.

"다른 남자를 만나거든 지금처럼 허물 없이 다가가지 마라. 책이라도 잡히면 어쩌겠느냐?"

"……."

"먼 길을 걸어와 피곤하다. 좀 쉬어야겠으니 그만 비켜 주

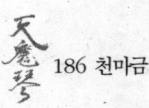

지 않겠느냐?"

 홍예몽이 움찔하면서 길을 열었다.

 서문무휘는 얼굴을 굳힌 채 홍예몽의 옆을 스치듯이 지나가다가 얼굴을 찡그렸다.

 '아, 이거였군.'

 이제야 이 아가씨가 거북스러운 이유를 알 것만 같았다.

 투정 부리고 어리광 부리는 것.

 본능적으로 그런 면에 심한 거부반응이 일어나는 것이다.

 힐긋 쳐다보니 울음을 억지로 참고 있는 홍예몽이 보였다.

 등을 보인 채로 서문무휘가 말했다.

 "울어도 소용없다. 세상은 네 마음처럼 그리 쉽지가 않은 곳이다."

 그랬다.

 세상은 마음먹은 것처럼 쉽게 되는 것이 하나도 없었다.

 마음먹은 대로 뭐든 할 수 있는 귀한 집 아가씨는 거기에 걸맞게 귀하게 살면 되는 거다.

 굳이 위험한 바깥으로 나올 필요가 전혀 없었다.

 '그나저나 악소명, 저 여자는 여기 왜 온 거지?'

 여러모로 괜히 신경 쓰이는 여자였다.

2.

"빌어먹을!"

흑월회.

그곳에서 회주 직을 맡고 있는 흑월회주 엽문천은 입 밖으로 욕지기를 쏟아 냈다.

불과 열흘.

열흘 만에 흑월회의 모든 분타들이 깡그리 소멸되었다.

흉수는 누구인지 알고 있었다.

너무나 당당하게 그들을 하나하나 가지고 노는 것처럼 지도에서 지워 가고 있었으니까 모르려고 해도 모를 수가 없었다.

"개 같은 새끼……."

야수왕 구휘.

그는 본인이 직접 혈혈단신으로 흑월회의 팔과 다리, 그리고 몸통을 잘라내었다.

이제 남은 것이라고는 머리통이라 할 수 있는 수뇌부들뿐.

그나마도 오래 버틸 수 있을 리가 없었다.

무신지경의 고수인 야수왕 구휘.

그는 강한 것은 물론이고 무서우리만치 집요한 데다가 빈틈까지 없었으니까.

이제 남은 것은 앉아서 죽음을 기다리는 일밖에 없는 것만 같았다.

그때.

"회주님."

"또 뭐냐?"

신경질적인 반응.

야수왕 구휘를 피해 숨어 다니느라 모두 심신이 지쳐 있는 상태였다.

핏발 선 안구에 쩍쩍 갈라지는 목소리.

다들 쓰러지기 일보 직전이었다.

수하 역시 엽문천의 예민한 반응에 움찔했다가 곧 조심스럽게 입을 열었다.

"서문무휘. 그놈이 구휘에게 원한이 있으니까. 그놈에게 구휘를 유인해 볼까요?"

서문무휘가 스승의 복수를 위해 천하삼패와 싸운다는 것은 삼척동자도 다 아는 사실이다.

게다가 서문무휘는 놀랍게도 그 나이에 벌써 무신지경에 올랐다는 소문이 있었다.

엽문천은 헝클어진 머리를 다듬으며 말했다.

"그놈은 어디에 있는데."

"마침 여기서 가깝습니다."

"그래?"

모든 분타들을 포기하고 쫓기듯 이곳 섬서성으로 온 것이 그나마 천만다행이었던 모양이다.

사실 엽문천은 억울했다.

애초에 흑월회는 고래 싸움에 새우 등 터진 격이 아닌가?

게다가 이 모든 일의 원흉이라고 할 수 있는 야수왕 구휘에게 지금 토사구팽을 당하고 있는 상황이니…….

힘이 없다는 현실이 그저 억울하고 분할 뿐이었다.

잠시 무언가를 생각하던 엽문천은 결국 수하를 향해 고개를 끄덕였다.

"지금이라면 그놈에게 기대해 보는 수밖에 없겠지. 네가 그럼 책임지고 그림을 그려 봐라."

"알겠습니다."

수하가 허리를 깊게 숙였다가 그 자리에서 사라지자 엽문천은 의자에 몸을 파묻었다.

피곤했다.

하루라도 빨리 이 지긋지긋한 도망 길에서 벗어나고 싶은 마음뿐이었다.

제14장
담천후

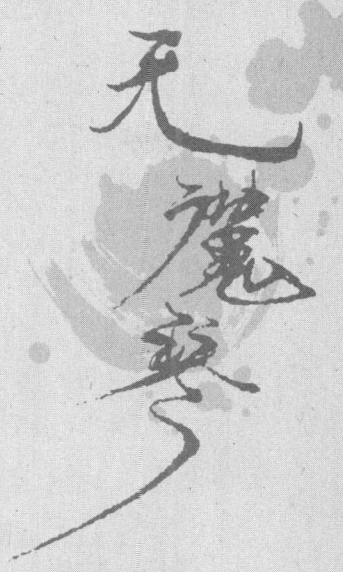

1.

천마 담천후는 얼굴을 찡그린 채 생각에 잠겨 있었다.

이상했다.

요 근래 잠이 부쩍 늘었다.

잠이 부쩍 늘어난 것은 둘째 치고, 누워 있다가 깨어나도 한동안은 이것이 꿈인지 현실인지 구분이 전혀 되지 않았다.

몸도 금세 피로감을 느끼고 쉽게 지쳤다.

이건 무림인으로서 상당히 문제가 있는 상태라 해도 과언이 아니었다.

게다가 여러 가지로 일이 꼬이고 있었다.

계획하고 있었던 천하삼패 주인들과의 생사비무도 그쪽에서 전부 거절하는 바람에 이루어지지 못했다.

"죄다 겁쟁이 놈들뿐이다."

그래도 한 놈쯤은 순순히 응해 올 줄 알았는데 세 놈 다 거절을 해 버릴 줄이야……

확실히 실망스러운 일이었다.

대체 무엇에 그렇게 겁을 집어먹은 것일까?

여태껏 단 한 번도 실체를 내보인 적이 없었거늘…….

담천후가 그렇게 이런저런 생각에 빠져 있을 때였다.

『오백 년 동안 잘 지냈느냐?』

태사의에 몸을 파묻듯이 깊이 앉아 있던 담천후의 눈이 번쩍 뜨였다.

뇌리에 직접 울리는 이 축축하고 음습한 음성.

어찌 잊을 수 있겠는가?

담천후의 입꼬리가 슬며시 올라갔다.

"괴물 같은 자식……. 역시 죽지 않고 살아 있을 줄 알았다. 우리 한 번 만나야 하지 않겠느냐? 어디 있느냐, 지금?"

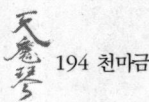

『조급해하기는……. 어차피 곧 만나게 될 터인데…….』

"크크, 네놈과 나눠야 할 대화가 산더미처럼 많아서 말이다. 어디 있느냐? 내가 가지."

초량은 담천후의 말에 흐릿한 웃음을 지었다.

이놈의 조급함과 초조함이 지금 손에 잡힐 듯 확실히 보여, 그것이 우습게 느껴졌기 때문이다.

『화산(華山)에 있는 팔달령을 기억하느냐?』

"물론이지. 지금 거기 있나?"

『그리로 와라. 재미있는 친구를 소개해 주지.』

"친구?"

허나 대답은 들려오지 않았다.

대화는 거기서 끝인 것이다.

담천후는 태사의에서 벌떡 일어섰다.

천하 제패도 중요하지만 그에게 있어 가장 중요한 것은 초량과 만나는 것이다.

그놈을 만나게 되면 꼭 한번 물어보고 싶은 것이 있었다.

"팔달령이라……."

과거의 기억이 정확하다면 이곳에서 사흘이면 도착할 수 있는 거리였다.

파앙—

천마 담천후의 신형이 한 줄기 바람으로 변해 장내에서 완전히 사라져 버렸다.

2.

"오랜만이구나."
"……."
"할 말이 상당히 많은 얼굴인데?"
싱글싱글 웃는 얼굴의 청년.
서문무휘는 그 청년을 바라보며 이마를 감싸 쥐었다.
"……이번에는 장난이 좀 지나치셨습니다."
"아아, 미안하다. 사과할 건 사과해야지."
늘 이런 식이었다.
건성건성, 너무도 성의 없어 보이는 대답.
하지만 서문무휘는 화를 내지 않았다.
원래부터 이런 성격의 사람이었다.
그리고 이렇게 보여도 제법 진심으로 미안해하고 있는 것을 뻔히 알고 있었다.
"위형…… 위진영 형님이 저 때문에 죽었습니다."
"그래, 알고 있다."
"시신을…… 수습하신 건 역시 스승님이십니까?"

기억이 돌아오자마자 제일 먼저 위진영이 죽은 곳으로 가 보았던 서문무휘였다.

헌데 누군가가 자신보다 한발 먼저 시신을 수습해서 작은 봉분을 만들어 둔 것을 발견했다.

"그래, 내가 수습했지."

"고맙습니다."

"뭘, 나도 그 녀석에게 빚이 있는 것과 다름이 없으니 당연히 해야 하는 일이었다."

서문무휘가 고개를 끄덕일 때.

눈앞에 있는 사내, 백율.

아니, 정확하게는 반로환동한 백무량이 의미심장하게 웃으며 말했다.

"제법 괜찮은 아이더구나."

"예?"

무슨 말을 하는 걸까?

백무량은 선수끼리 왜 그러냐는 음흉한 눈빛을 던진 후 입을 열었다.

"악소명, 저 계집아이라면 나도 좀 알고 있지. 저 아이는 너무 어릴 때라 아마 나를 기억하지 못하겠지만 몇 번 본 적이 있거든."

"아……."

그랬다.

악소명의 할아버지인 악중패와 백무량은 인연이 있었다.

그러면 자연히 악소명도 알았을 것이다.

그런데 그게 왜?

"음(音)에 재능이 대단하다고 하더니…… 결국 그쪽으로 일가를 이루었더구나. 제법이야."

한눈에 악소명이 익힌 무공을 읽어 낸 모양이다.

서문무휘 역시 무의식적으로 고개를 끄덕였다.

"예, 재능이 대단하죠."

"크하핫! 그래도 너만 하겠느냐?"

백무량은 흐뭇하게 웃었다.

그가 키운 제자였다.

제대로 돌봐 주지 못해 혹시라도 어떻게 될까, 노심초사 걱정을 많이 했는데 알아서 이만큼이나 자라나지 않았던가?

무려 무신지경이다.

저 나이에 무신지경이라니…….

이건 자신감이 하늘을 찌르는 백무량조차도 이루어 내지 못했던 엄청난 대업이었다.

"내 딴에는 너를 위해 이것저것 계획해 놓은 것이 많았다. 내가 이루어 놓은 천마신교는 사실 여기저기 부실하게 지어진 곳이 많아서 도저히 그대로 물려줄 수가 없었거든."

"……."

"17태상, 그 영감들은 내가 죽으면 쉽사리 등 돌릴 것이라는 것쯤은 이미 예상했었지. 그 영감들은 나를 두려워만 했지 진정으로 복종하지 않았던 놈들이니까. 그래서 부득이하게 이런 번거로운 짓까지 하게 되어 버렸다."

서문무휘는 침상에 걸터앉으며 씁쓸하게 웃었다.

"그나저나 스승님은 신수가 참 훤해지셨습니다. 제자인 저도 못 알아볼 정도였으니까요."

"그렇지? 반로환동이라는 게 정말 있을까, 그게 진짜 가능한 걸까 하고 그동안 쭉 의심해 왔었는데 말이야. 완전히 뻥은 아니더라. 막상 해 보니까 별거 없긴 하지만."

백무량과 서문무휘는 그런 식으로 농담 따먹기를 하며 한동안 밀린 대화를 해 나갔다.

이렇게 이야기를 나누는 게 대체 얼마 만일까?

기껏해야 이 년이나 되었을까 싶지만 한편으로는 강호에 처음 나와 스승님 없이 강호 생활을 했었던 것이 엊그제처럼 느껴지기도 했다.

중간에 스승님의 죽음을 슬퍼하며 그토록 도망만 다녔던 일들이 모두 꿈만 같이 느껴졌다.

"……다 좋았습니다. 사실 저는 다 좋았는데……. 위형이 죽은 것만은 도저히 그냥 넘어갈 수가 없어요."

백무량 역시 어두운 얼굴을 해 보였다.

"그래, 그 부분에 대해서는 나 역시 미처 예상하지 못했다. 그 녀석이 그래도 큰일을 해 주었어."

서문무휘는 입을 다물었다.

위진영은 어리석었던 자기 대신에 야율황의 뇌전일지공(雷電日指功)을 맞고 죽었다.

이건 평생을 다해서 갚아도 모자랄 큰 은혜였다.

"저는 위형의 복수를 할 생각입니다."

당연히 반대할 것이라 생각했다.

아무리 무신지경의 고수가 되었다 하더라도 아직 사막왕 야율황에게 비한다면 미흡한 실력일 테니까.

그와 단독으로 붙기 어려울 것은 물론이고 그에게는 아직도 수없이 많은 수하들이 있었다.

헌데 의외로 백무량은 선선히 고개를 끄덕였다.

"그래, 죽일 놈은 죽여야지. 그놈은 살려 놓으면 안 돼. 아주 질이 나쁜 놈이거든."

"……."

그래도 말리는 시늉 정도는 해줄 줄 알았는데 이건 워낙 기대와는 다른 반응이라 서문무휘는 왠지 멋쩍은 기분이 들어 뒷머리를 긁적였다.

"사실 내가 이렇게 야심한 밤에 너를 찾아온 것은 다름이

아니다."

어떤 중요한 이야기가 남았던 걸까?

백무량은 탁자에 아무렇게나 걸터앉으며 입을 열었다.

"나는 조만간 세상에서 완벽하게 사라지게 될 것이다."

"……예?"

서문무휘가 벙한 얼굴을 해 보였다. 서문무휘의 그런 얼굴을 본 백무량은 탁자에 놓여 있던 찻잔을 손으로 집으며 말을 이었다.

"뭐 간단하게 말해서 이번에는 완벽하게 죽는다는 말이지."

"……."

"사실 저번에 죽을 때도, 어느 정도 죽음을 예상하고 간 거였다. 그런데 운이 좋았지. 때맞춰서 깨달음을 얻었으니까."

백무량은 찻잔에 찻주전자를 기울여 따르며 입을 다물었다. 주전자도 차갑게 식어 있었다.

또로록—

찻물이 잔 속으로 떨어지면서 맑은 소리를 흘렸다.

식어 버린 찻잔을 손에 쥔 백무량은 빙긋 웃었다.

"그러니 오늘 부로 진짜 이별이다, 제자야."

서문무휘의 표정이 그 짧은 순간 다채롭게 변했다.

그러다 결국 황당하다는 얼굴로 입을 열었다.

"저번에도 느꼈던 거지만 스승님은 본인의 죽음에 대해서 참 쉽게도 말씀하십니다."

백무량은 고개를 끄덕였다.

그 부분에 대해서는 자신도 공감하고 있었기 때문이다.

"강호인이라는 종자들이 보통 다 이렇다. 하루하루가 작두 타는 것과 다름이 없어서 그런가, 죽음에 대해 별다르게 감흥을 못 느끼는 모양이다."

"남겨지는 사람에 대해서는 단 한 번이라도 생각해 보셨는지요."

서문무휘의 질문에 백무량은 뒷머리를 긁적였다.

"미안하다."

주변 사람들을 생각해 본 적 없다는 뜻을 담은 그 대답은 한편으로는 예상했던 것이지만 그랬기에 더 씁쓸했다.

서문무휘는 피식 웃으며 말했다.

"어울리지도 않게 사과를 남발하지 마십시오. 소름 돋습니다."

"클클, 그렇지? 나도 그렇게 생각한다."

찻잔을 입으로 가져가며 백무량이 말했다.

"그래도 이제 정말 한시름 놓았다. 무신지경이면 어디 내 놔도 맞고 다니지는 않을 테니까."

"……스승님 정도의 고수가 없다고 어떻게 장담합니까?"

"하긴 그것도 그렇군. 그래도 없을 거야. 이 스승님 정도로 위대한 남자는 천 년에 한 번 나올까 말까 하니까."

문득 서문무휘는 백무량의 말에 어떤 사람의 모습이 퍼뜩 떠올랐다.

"그런데 그때 보았던 그자, 그자는 확실히 보통이 아니었던 것 같습니다."

"누구?"

"무형검을 썼던 그자 말입니다."

"아아, 그놈 말이냐? 그놈은 이제 신경 쓰지 않아도 된다."

"왜요?"

"그놈도 세상에서 곧 없어질 거거든."

일이 잘되든 안되든 천마 담천후와 자신은 세상에서 사라질 것이다.

물론 초량 역시 이 세상에서 사라진다.

그렇다고 하면 남은 자들은 기껏해야 무신지경의 고수가 최고수일 터.

그럼 겁날 게 없었다.

천하제일의 무공을 이어받았고, 재능도 그보다 더 나은 후계자였다.

안심해도 될 것이다.

"이젠 가 봐야겠다. 나만 애타게 기다리고 있는 늙은이가 있거든."

백무량은 자리에서 일어서며 말했다.

"아! 그리고 동창에 괴상한 요물(妖物)이 하나 있는데, 그놈은 각별히 조심하도록 해라. 깨물거든, 그놈은."

"예?"

"조만간 그놈과는 어떤 식으로든 한 번 만나게 될 거야. 동창에서 나왔는데 만만해 보이지 않으면 일단 내 제자라는 것부터 말해라."

"스승님과 친분이 있는 분이신가 봅니다."

백무량은 히죽 웃었다.

왠지 그 장난기 많은 웃음이 불길하게 보였다.

"그래, 나와 많이 친한 놈이지. 놈을 만나면 꼭 내 이름부터 말하고."

서문무휘가 무언가를 더 물어보기도 전에 백무량의 신형이 안개처럼 그 자리에서 사라졌다.

마지막 인사를 하러 왔다고 했지만 사실 지금 당장에라도 문을 열고 다시 나타날 것만 같았다.

백무량이 조금 전까지 마시던 식어 버린 찻잔이 홀로 덩그러니 남아 있었다.

그것을 치우며 서문무휘는 툴툴 웃었다.

이제야 비로소 완벽한 혼자가 되었기 때문이다.

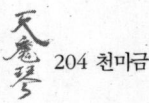

그에게는 너무도 익숙한 일이었다.
서문무휘는 천천히 일어나 창밖으로 보이는 거대한 장원을 응시했다.
저곳이 바로 현재 적풍단의 중원 전진 기지였다.
그의 원수인 야율황이 머무는 곳.
'철저히 부숴주마.'

제 15 장
우연(偶然)

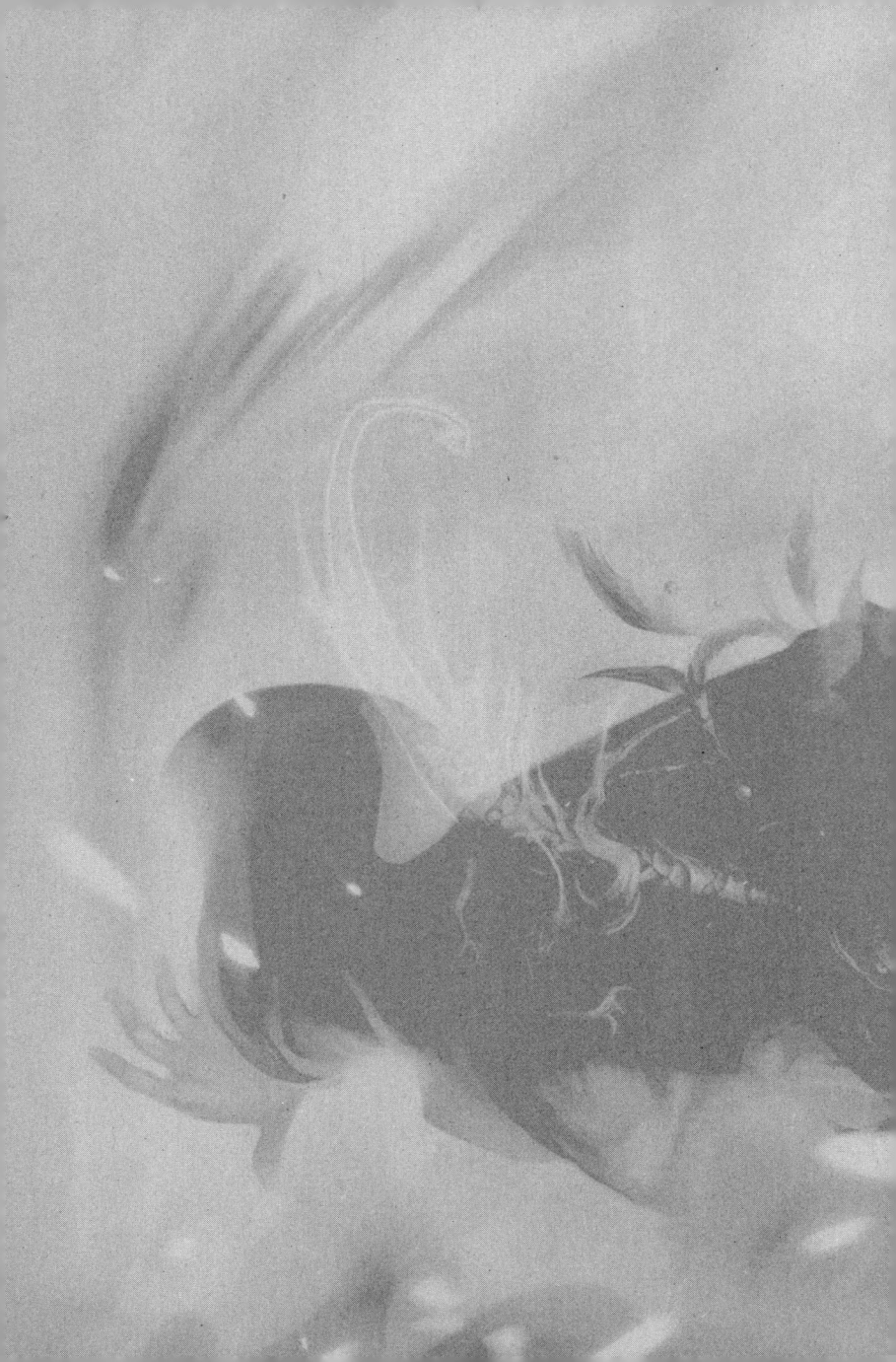

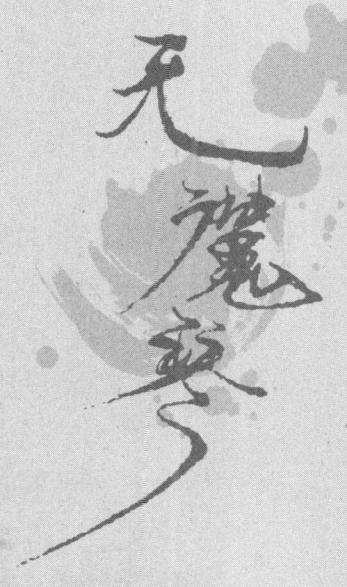

세상의 모든 일은 우연(偶然)의 연속이다.

그때 하필 천마 담천후가 그곳을 지나가고, 하필 그 장소를 태감 정유기도 지나가는 것.

이 모든 것은 단순한 우연이었고, 이 우연이 겹침으로 인해 초량이 계획해 놓았던 모든 일들이 엉망진창으로 엉켜 가기 시작했다.

 절정에 이른 육지비행술(陸地飛行術)로 허공을 날던 천마 담천후는 무언가를 보았는지 갑자기 바닥으로 뚝 하고 떨어져 내렸다.
 그리고는 얼굴을 찌푸렸다.
 "이 시대에는 정말 별별 놈들이 다 있구나."
 재수가 없으려니까 별 더러운 걸 다 보는 모양이라 생각한 담천후였다.
 처음에는 잘못 본 것인 줄 알았다.
 그래서 그냥 지나치려고 하는데 느껴지는 기운이 심상치 않은 종류라 그만 멈춰서 버렸다.
 이것이 첫 번째 불행의 시작이었다.
 "흐응. 뭐야, 이쁜이? 깜짝 놀랐잖아."
 태감 정유기는 갑자기 눈앞에 나타난 사내를 보며 본능적으로 한 걸음 뒤로 물러섰다.
 그리고 상대를 탐색하기 시작했다.
 그것은 천마 담천후 역시 마찬가지였다.
 담천후는 한껏 마뜩잖은 얼굴로 눈앞에 있는 사내도 아니고 계집도 아닌 놈을 뚫어지게 응시했다.
 그리고 시선을 천천히 위아래로 훑어보며 얼굴을 구길 대로 구겼다.

천마 담천후는 바닥에 가래침을 탁하고 뱉어 내며 입을 열었다.

"뭐냐? 음양인(陰陽人; 남자와 여자의 성기를 같이 가지고 태어난 사람)이더냐? 어쩐지 기분이 더럽더라니."

그 말에 눈앞에 있던 태감 정유기의 웃고 있던 얼굴이 새하얗게 질렸다.

동시에 그의 전신이 부들부들 떨리기 시작했다.

"네놈이 어떻게 그걸……."

평생의 치부.

이 비밀을 알고 있는 상대는 천하에 오직 두 명뿐이었다.

신마 백무량과 북해빙궁주 능비계.

이 두 명이 전부다.

헌데 오늘 난생처음 보는 괴상한 놈이 보자마자 그의 치부를 입 밖으로 꺼내는 것이 아닌가?

담천후는 한껏 삐딱한 얼굴을 한 채로 입을 열었다.

"이거 암내가 진동을 해서 도저히 참을 수가 있어야지. 더러운 잡종 새끼가 집안에나 처박혀 있을 것이지, 어딜 감히 밖을 싸돌아다니는 거냐?"

피가 거꾸로 솟는 기분.

생전에 이런 모욕을 받은 적이 있었던가?

처음이었다.

태감 정유기는 들고 있던 하얀 접선을 크게 휘둘렀다.

동시에 담천후의 손이 움직였다.

피웃—

쿠콰쾅—!

천마 담천후의 바로 앞.

그곳에 족히 석 장은 될 만한 엄청난 크기의 깊은 구멍이 생겨났다.

그것을 본 천마 담천후의 눈썹이 꿈틀거렸다.

살심이 크게 동한 것이다.

마주하고 있던 태감 정유기 역시 얼굴을 딱딱하게 굳히고 있었다.

"네놈, 감히 내가 누군 줄 알고 주둥이를 함부로 놀리느냐?"

"크크, 잡종 주제에 누구 앞에서 훈계질이냐. 괴상한 걸 무공이랍시고 배운 주제에."

두 사람의 눈동자에서 새파란 불꽃이 튀었다.

태감 정유기와 천마 담천후.

두 사람이 이렇게 한적한 산길에서 만난 것은 정말 순전히 우연이었다.

동창의 고수들과 함께 움직이던 정유기는 야수왕 구휘의

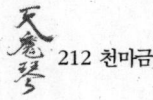

은밀한 연락을 받고 단신으로 구휘와 만나기 위해 이동 중이었다.

비슷한 시기에 천마 담천후 역시 초량을 만나기 위해 빠르게 이동 중이었다.

본래라면 만날 일도, 만나서도 안 되는 둘.

그런 둘의 첫 만남은 이렇듯 꽤나 비극적으로 시작하게 되었다.

서로가 가장 싫어하는 종류의 인간이었기 때문이다.

"어떻게 알아챈 건지는 모르겠지만 어차피 상관없겠지."

촤락—

접선을 접었다 폈다 하며 정유기는 눈을 빛냈다.

비밀을 어떻게 알아낸 것인지는 이제 중요하지 않았다.

시체는 입이 없으니까.

여기서 죽여 버리면 그만인 것이다.

평소의 여자 행세를 하며 온갖 이쁜 척을 다 하던 정유기는 이제 이 자리에 없었다.

그는 눈을 가늘게 뜬 채로 전신에서 폭풍 같은 기세를 뿜어내며 천마 담천후를 쏘아보고 있었다.

"끌끌, 별 시답지도 않은 놈이 죽여 달라고 꼴값은 다 떠는구나."

태감 정유기가 무슨 짓거리를 하든 천마 담천후는 같잖다는 얼굴로 쳐다보고 있었다.

천마 담천후.

그의 입장에서 보면 이건 정말 더러운 일이었다.

손을 쓰는 것조차 아까운 그런 더러운 일.

"오늘 내가 팔자에도 없는 봉사를 하게 생겼구나."

이왕 벌어진 판이었다.

똥이 눈앞에 있으면 치우고 가야지, 그냥 가면 미관상 좋지 않았다.

그 똥이 비록 크고 거대했지만 담천후의 입장에서는 똑같은 똥 덩어리일 뿐이었다.

"인제 그만 뒈지거라."

쿠웅—

담천후가 발을 한 번 크게 구르자 대지가 요동치면서 땅거죽이 솟구쳐 올랐다.

정유기는 날렵하게 그 일격을 피하며 허공으로 몸을 띄워 손을 가볍게 흔들었다.

그러자 그의 손에 들린 접선이 귀신처럼 사라졌다.

"어디서 개수작을……"

츠파앙—

정수리를 노리고 번개처럼 떨어져 내리는 접선.

그것을 콧방귀를 뀌며 손가락으로 퉁겨낸 다음 담천후는

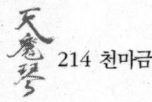

움직였다.

느리게, 하지만 세상 그 무엇보다도 빠르게.

천마신교의 역사상 최고, 최강의 보법이라 알려진 천마군림보(天魔君臨步).

그것을 펼친 것이다.

천마군림보는 보법이면서 동시에 가장 강력한 공격 무기이기도 했다.

태감 정유기는 갑자기 팔다리가 묵직해져 오는 것을 느꼈다.

담천후가 한 걸음 한 걸음 발을 내디딜 때마다 정유기의 전신이 거대한 무언가에 짓눌리기라도 하는 것 같은 어마어마한 압력과 압박을 받았기 때문이다.

'이, 이 황당한 놈은 대체 뭐야? 이건 백무량과 맞먹는 놈이잖아!'

속으로 절로 비명이 터져 나왔다.

상대를 너무 얕봤다.

초면에 다짜고자 대거리를 해대기에 같이 흥분해서 상대의 실력을 제대로 알아보지 않았다.

그게 패인이었다.

정유기는 입술을 앙다물었다.

'아냐, 그래도 아직은 기회가 있어.'

저놈은 자기의 실력을 과신하는 모양인지 허리춤에 차고 있는 칼은 아예 뽑을 생각조차 하지 않고 있었다.

'그렇다면 우선 이 빌어먹을 압력부터 제거하고…….'

태감 정유기 역시 그리 호락호락한 상대는 아니었다.

그는 두 발을 바닥에 단단히 고정시키고 제자리에서 미동도 하지 않았다.

그리고 단전에서부터 한 줄기 기운을 끌어 올렸다.

태산처럼 거대하고 웅혼한 기운.

그 모습을 본 천마 담천후의 얼굴이 찌푸려졌다.

"뭐야? 불마대미륵기공(佛魔大彌勒氣功)? 그건 천축 대뢰음사(大牢陰寺)의 무공인데?"

정유기는 정말 눈이 튀어나올 정도로 놀라 버렸다.

세상에 이 무공을 알아보는 자는 이제 단 한 명도 없을 것이라 확신했었다.

사실 오백 년 전쯤에 갑작스럽게 대뢰음사가 멸문했기 때문에 이 무공 역시 사장되었다 여겨지지 않았던가.

그것을 우연히 얻어 극성까지 익혔거늘…….

헌데 이놈은 대체 뭐란 말인가?

어떻게 이걸 알아본 거지?

"이익! 네놈은 반드시 죽어야 하는 이유가 하나 더 늘었다!"

"놀고 있네."

천마 담천후가 있었을 당시에는 저 멀리 천축에 있는 대뢰음사라고 하면 중원에 있는 무인들 중 모르는 자가 없었다.

그만큼 대뢰음사는 강력한 무공과 무승들을 많이 보유하고 있었기 때문이다.

같은 불문 계열의 사찰 중 최고라 손꼽히는 중원의 소림사조차도 당시의 대뢰음사에 비하면 어린아이 장난과도 같은 수준이었다.

문제는 그런 대뢰음사가 하루아침에 무너졌다는 것이다.

그 오백 년 전 강성했던 대뢰음사를 하루아침에 무너뜨린 장본인.

그게 바로 천마 담천후였다.

태감 정유기로서는 정말 임자 한 번 제대로 만난 셈이었다.

제 16 장
악소멍

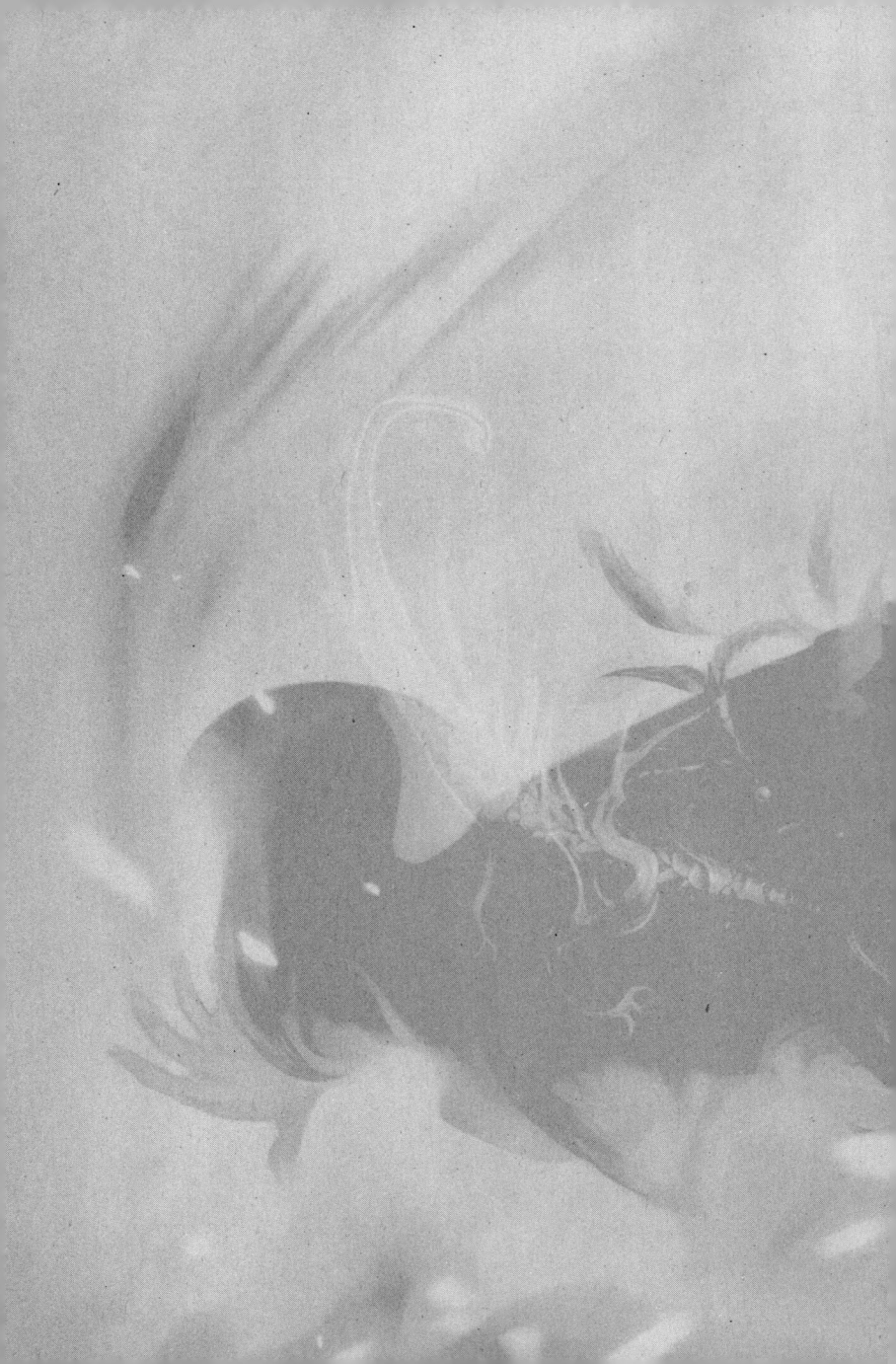

1.

"무슨 일이지?"

새벽 무렵.

갑작스러운 인기척에 눈을 뜨니 악소명이 당 안에 들어와 있었다.

그녀는 아무 말도 없이 의자를 가져와 앉은 후 서문무휘를 빤히 쳐다보았다.

　침상에 누워 자고 있던 서문무휘는 인상을 찡그리며 말했다.

　"이 시간에 용건이 뭐지?"

　『홍예몽에게 무슨 짓을 한 거야. 아까부터 끙끙 앓던데.』

　서문무휘는 얼굴을 굳혔다.

　잠이 싹 달아나 버렸다.

　그는 최대한 무표정한 얼굴을 유지하고 대답해 주었다.

　"서로 오해했던 부분을 풀었을 뿐이다."

　『오해?』

　"그래, 오해. 단순한 오해였다."

　이건 왠지 변명같이 들리는 말이었다.

　'뭐지?'

　이상한 기분에 서문무휘가 고개를 갸웃거리며 막 침상에서 몸을 일으키려 할 때였다.

　서문무휘는 곧장 움찔하며 재빨리 이불로 상체를 가렸다.

　자신이 맨몸이라는 것을 그제야 깨달았기 때문이다.

　"잠깐 나갔다가 들어오는 게 어때."

　지금은 한겨울이었지만 어렸을 때부터 몸에 열이 많은 편이던 서문무휘였다.

　거기에 무공까지 익혔으니 추위 따위는 애초에 느낄 리가 없었다.

그러니 특별한 경우가 아니면 오랜 버릇처럼 항상 옷을 다 벗어 놓고 잤던 것이다.

불행히도 오늘 역시 그랬다.

악소명은 그런 서문무휘의 난감한 상태를 알아챈 건지 조용히 미간을 모았다가 곧 피식 웃으며 살포시 눈을 감았다.

눈을 감고 있을 테니 옷을 입으라는 뜻인 모양이었다.

서문무휘는 얼굴을 찡그렸지만 별수 없었다.

주변을 두리번거리며 벗어 두었던 옷을 찾는데 하필이면 옷이 탁자 근방에 있었다.

악소명 옆이었다.

'쳇.'

별수 없이 허공섭물을 사용해 옷을 가져와 하나씩 입고 있는데 문득 머릿속으로 억울한 생각이 불쑥 들었다.

괜히 이런 새벽에 찾아와서 단잠을 깨운 악소명이 얄미웠던 것이다.

어떻게 이 분노를 보상받아야 할까?

처절한 피의 복수를 고민하고 있을 때 문득 눈을 꼭 감고 있는 악소명의 모습이 시야에 잡혔다.

어두운 방 안이었지만 무신지경에 이른 서문무휘에게는 대낮과 다름이 없었다.

'눈만 감고 있으면 이렇게 순해 보이는데…….'

서문무휘는 문득 머릿속에 떠오르는 생각에 자신도 모르게 흠칫해서 몸을 떨었다.

그 순간 악소명이 눈을 떴다.

왠지 민망한 느낌.

그때 둘의 시선이 허공에서 엉켰다.

악소명의 오만하지만 도도한, 그래서 너무도 올곧아 보이는 시선에 서문무휘는 왠지 고개를 돌려 버렸다.

스스로 조금 전에 머릿속에 떠오른 생각이 너무도 부끄러웠기 때문이다.

'근데 왜 그런 쓸데없는 생각을 했을까?

이 여자가 순해 보이든 아니든 그게 대체 나와 무슨 상관이 있다고…….

그런 말도 안 되는 엉뚱한 생각을 해 버린 것일까?

서문무휘가 속으로 자책하고 있을 때.

악소명의 입가에 설핏하고 미소가 떠올랐다.

그 순간 서문무휘의 머릿속에 어떤 의문이 생겨났다.

"……어? 근데 내가 옷을 마저 다 안 입었으면 어쩌려고 눈을 뜬 거야?"

악소명은 본인의 큰 눈을 몇 번 깜빡였다.

거기까지는 미처 생각하지 못했다는 눈빛이었다.

서문무휘는 혀를 차며 허리춤을 대충 여몄다.

그리고 침상 끄트머리에 대충 걸터앉은 다음 말을 이었다.

"나를 찾아온 용건이 홍예몽, 그 아이 때문이라면 잘못 찾아왔다. 나는 거기에 대해 이제 할 말이 조금도 없으니까."

이런 이야기를 왜 이 여자에게 하고 있는 걸까?

전혀 상관없는 이야기인데…….

서문무휘가 속으로 알 수 없는 찜찜함을 느끼며 흘러내리는 머리카락을 뒤로 모아 질끈 동여매고 있을 때였다.

악소명이 불쑥 다가왔다.

손만 뻗으면 닿을 듯한 아슬아슬한 거리까지.

서로의 솜털 하나하나까지 보일 만큼 가까운 거리였다.

서문무휘는 본인도 모르게 숨을 크게 들이켰다.

악소명의 몸에서 풍겨오는 달콤한 체향(體香)에 숨이 턱 하고 막혔기 때문이다.

『아까부터 왜 계속 내 눈을 피하지?』

"별로……."

그런 적 없다는 뒷말은 생략했다.

하지만 내뱉는 말과는 다르게 이번에는 정말로 악소명의 눈을 똑바로 바라볼 수 없게 되었다.

왜일까?

지은 죄가 있는 것도 아닌데 왜 이런 걸까?

계속 몸이 움츠러들었다.

이러는 이유를 아무리 생각해 봐도 해답이 나오지 않았다.

한동안 머리 쓰는 일이 없었더니 아무래도 멍청해진 모양이라고 서문무휘는 자책했다.

두근—

갑자기 자신의 심장 뛰는 소리가 귓가에 크게 들렸다.

그와 동시에 얼굴에 열기가 확 올라왔다.

'호흡을 너무 오래 참았나?'

아니다.

그럴 리가 없었다.

무신지경에 이른 고수는 한 모금의 호흡만으로도 며칠을 견딜 수 있었다.

'그러면 왜?'

어두운 방 안이었지만 악소명 수준의 고수가 그 정도 변화를 눈치채지 못할 리가 없다.

서문무휘는 거기까지 생각이 미치자 서둘러 악소명과 거리를 벌리며 급하게 호흡을 골랐다.

좋지 않다.

이런 갑작스러운 감정의 변화는 심장에 몹시 나쁘다.

머릿속으로 그런 생각들을 쥐어짜 내며 진정하고 있을 때 악소명이 차분하게 말했다.

『이미 나한테 들켰어.』

"……뭘?"

『나한테 이미 들켰다고.』

"무슨 말을 하는 건지……."

애써 태연한 척해 보려 할 때.

악소명이 마치 사형선고를 내리는 판관처럼 확신에 찬 음성으로 말했다.

『너 나 좋아하잖아, 안 그래?』

두근— 두근—

기껏 진정시켜 놨던 심장이 갑자기 미친 말처럼 뛰기 시작했다.

이건 이제 숨기려고 해도 숨길 수 없을 정도였다.

서문무휘가 화석처럼 멍청히 굳어 있을 때 악소명이 장난스러운 어조로 말했다.

『그렇게 겁먹지 마, 꼬맹아.』

하얀 치아를 드러내며 웃는 환한 웃음.

서문무휘는 처음 보는 악소명의 밝고 환한 웃음에 전신의 피가 썰물처럼 빠져나가는 듯한 느낌을 받았다.

그리고 그제야 서문무휘는 이게 무엇인지, 어떤 감정인지 확신할 수 있었다.

'아…… 이런 거였나.'

다른 사람을 좋아한다는 감정.

서문무휘에게 있어서 그건 너무도 익숙하지 않은 느낌이었다.

그래서 그렇게 부정하고 싶었던 모양이다.

억지로 저항하려 했던 자신이 너무도 어리석게 느껴졌다.

그렇게 생각하자 갑자기 굳어져 있던 근육에 뜨거운 피가 돌기 시작했다.

서문무휘는 천천히 손을 뻗었다.

무공을 펼칠 때처럼 빠르게 움직이려고 애를 썼지만 마음처럼 되지 않았다.

피가 아직 전신에 덜 돌아서일까?

고작 팔 하나 뻗는 데 이토록 큰 힘이 필요할 줄은 차마 몰랐다.

톡—

손끝에 악소명의 볼이 닿았다.

따스한 느낌.

동시에 보드랍고 말랑했다.

그때 악소명이 두 손으로 서문무휘의 손을 감싸 쥐었다.

서문무휘가 움찔하며 시선을 맞췄다.

그러자 겨우 악소명과 서문무휘.

둘의 시선이 똑바로 맞닿았다.

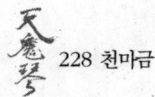
228 천마금

그리고 그 순간 누가 먼저라 할 것도 없이 서로에게 가까이 다가갔다.

2.

"자네는 언제나 기척도 없이 등장하는구만."
"아, 내가 그랬었나?"
악중패.
그는 손에 들고 있던 칠현금을 무릎에 살짝 내려놓으며 입을 열었다.
"항상 그랬지. 헌데 이 늙은이가 여기 있다는 건 어떻게 알았나?"
"점괘를 잘 보는 친구랑 같이 있거든."
"초량을 말하는 건가?"
"아아, 그러고 보니 자네도 알겠구만."
신마 백무량.
그는 물안개가 피워 오르는 강가를 바라보다 뜬금없이 입을 열었다.
"그 아이를 잘 부탁해."
악중패는 대답하지 않았다.

그저 잠깐 복잡한 눈빛으로 백무량을 응시했을 뿐이었다.

악중패에게 있어서 백무량은 언제나 열등감을 느끼게 만드는 친구였다.

자신이 강해졌다고 여기면 나타나서는, 마치 착각하지 말라는 듯이 새로운 모습을 보여 주곤 했다.

처음에는 따라잡으려고 부단히 노력했지만 이제는 아니었다.

열등감 때문에 자신의 인생을 망쳐 버릴 수는 없다고 생각했기 때문이다.

"언제나 자네는 내가 따라잡을 수 없는 곳으로 가는구만."

"그건 또 무슨 소리야?"

"반로환동을 했을 거라고는 생각지도 못했네."

"나도 할 줄은 몰랐어."

"곧 떠나야겠구만."

반로환동.

그것을 하게 되었다는 것은 곧 우화등선한다는 말과 다름이 없었다.

육체가 최전성기 때로 돌아간다고 알려져 있지만 그것은 실로 잠시뿐이다.

점차 육체는 어려진다.

그러다가 결국 청년의 모습에서 소년의 모습으로 돌아가

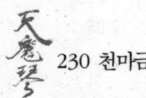

게 되고 최종적으로 꼬마 아이, 즉 선동(仙童)이 되어서 학을 타고 선계로 날아가게 되는 것이다.

"초량, 그 노친네에게 부탁해서 금제를 받고 있었어. 그래도 그런 임시변통으로는 한계가 있지. 그래서 부탁하러 온 거야."

"그렇다면 사람을 잘못 찾아왔군 그래."

"응?"

악중패는 흐릿하게 웃었다.

"나 역시 수명이 그리 많이 남지 않았거든."

백무량은 눈을 몇 번 깜빡였다.

그리고 악중패를 가만히 응시하다가 미간을 가운데로 모았다.

"정말이네."

"허허, 내가 그래도 자네보다 연상이 아니었던가? 그러니 살 만큼 살았지."

"등선은…… 무리이려나?"

"아마도……."

우화등선은 무신지경의 고수라도 아무나 할 수 있는 게 아니다.

그 위 단계의 경지에 접어들지 못하면 정해진 수명에 따라 귀천(歸天)할 수밖에 없다.

아쉽지만 어쩔 수 없는 현실.

백무량은 잠시 머뭇거리다 입을 열었다.

"자네 손녀를 보았네."

"허허, 그런가?"

"내 제자랑 같이 있었지."

"그랬던가……."

"난 자네 손녀가 마음에 드는데 자네는 어떤가?"

악중패는 백무량의 질문에 너털웃음을 터트렸다.

"마치 사돈이라도 될 것처럼 말하는구만."

"안될 건 또 뭐야? 솔직히 내 제자 놈이라서 하는 말이 아니고 정말 괜찮은 놈이야. 수줍음을 좀 많이 타서 그렇지. 무공이면 무공, 글공부면 글공부, 어디 하나 부족한 게 없는 놈이지."

"흐음……."

악중패는 약간 과장된 얼굴로 턱수염을 쓰다듬었다.

그 모습에 백무량이 픽 웃으며 말했다.

"뭐 사실 자네와 내가 이렇게 떠들어 봐야 소용없는 일일지도 모르지. 지들끼리 불장난하면 우리 같은 늙은이가 대책이 있나?"

"허허……. 불장난이라. 자네 제법 위험한 소리를 하는구면."

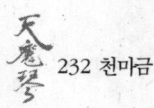

"뭐, 그 나이에는 다 그렇잖아? 자네는 뭐 안 그랬나? 본교에 소문이 파다하더구만, 뭘 그래."

"……."

"클클, 뭐 사실 그런 거야 젊은 것들이 다 늙은 우리보다야 백배 낫겠지. 이제 지들끼리 알아서 잘할 거야. 그러니 우리 같은 늙은이는 이제 슬슬 빠져 주자구."

"그러는 게 좋겠구먼. 자네도 괜히 초 치지 말고 그렇게 하세."

백무량은 고개를 끄덕였다.

그리고 갑자기 악중패에게 다가가 어깨동무를 했다.

"허어? 징그럽게 이게 지금 뭐하는 겐가, 자네."

"여러 가지로 고마웠어. 자네 아니었으면 여러 가지로 힘들 뻔했었지."

악중패는 어깨동무한 팔을 밀어내려다가 결국 그러지 못하고 너털웃음을 지었다.

"다음 생에도 자네와 함께 이렇게 만났으면 좋겠지만 아마 그건 힘들 듯하구만."

백무량은 고개를 끄덕거리며 대답했다.

"그럼, 힘들지. 난 이미 윤회의 굴레에서 벗어나 자유로운 몸이 되었으니까."

"부러우이."

"크흐훗, 다음 생에는 조금 더 분발하라구, 친구."

"허허……."

백무량과 악중패는 그렇게 어깨동무를 한 상태로 강물을 바라보았다.

물안개가 피어오르는 강물 위로 여인의 눈썹 같은 초승달이 둥둥 떠 있었다.

제 17 장

파탄(破綻)

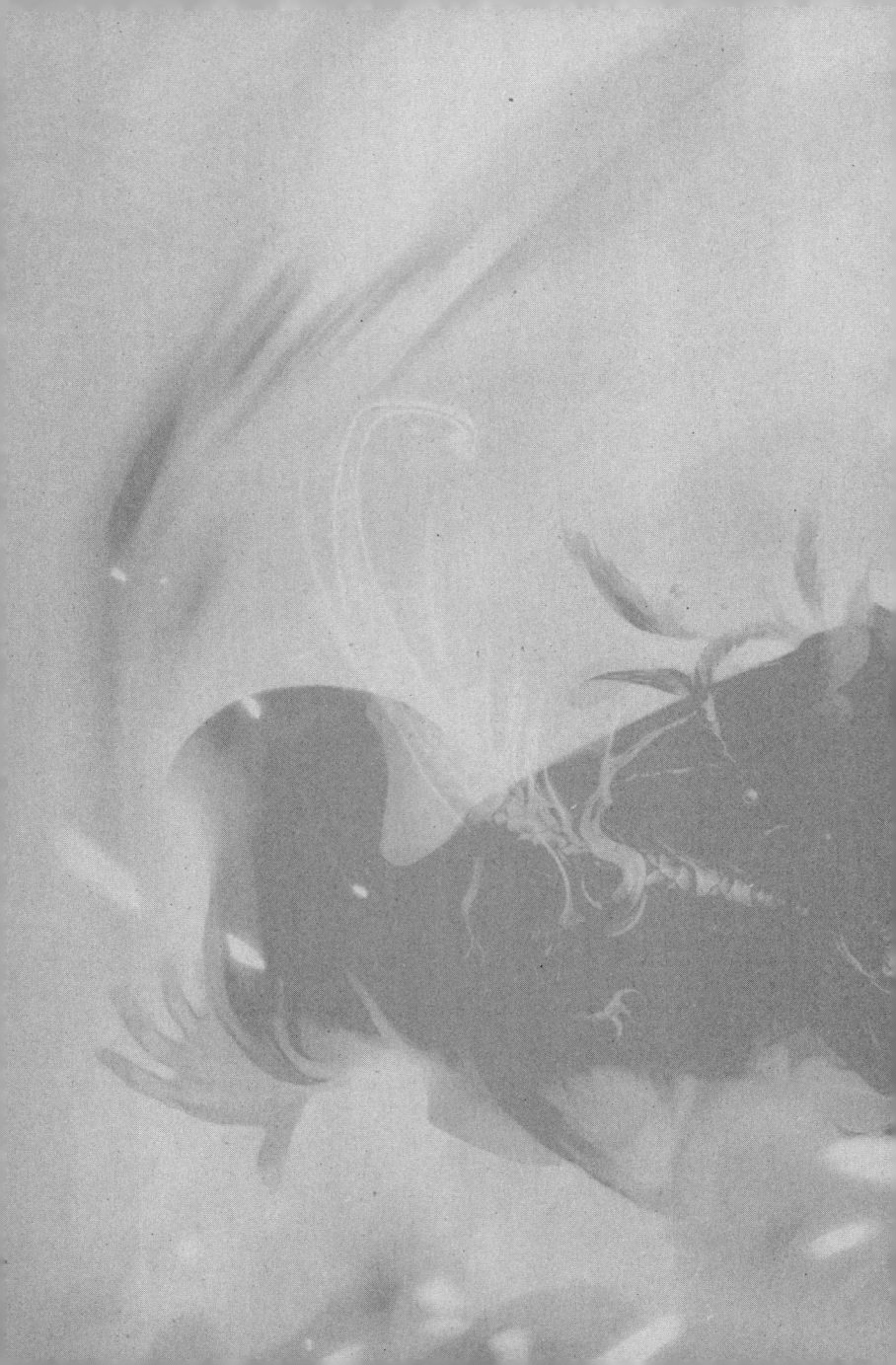

1.

'젠장.'

태감 정유기.

그는 한껏 낭패스럽다는 듯한 얼굴을 해 보였다.

대체 어디서 이런 괴물이 튀어나온 걸까?

장법을 쓰면 장법을, 선법을 쓰면 선법을.

마치 자신의 공격을 미리 알고 있었던 것처럼 너무도 쉽게 막아 냈다.

그러다 문득 눈치챘다.

'이 자식이 날 아주 갖고 노는군.'

절로 욕지기가 흘러나왔다.

별로 인정하고 싶지 않은 사실이지만 저놈이 실제로 자신을 죽이려는 마음을 먹었다면 진즉 죽이고도 남았을 것이다.

헌데 그러지 않고 있었다.

마치 배부른 고양이가 생쥐를 가지고 노는 것처럼 이리저리 희롱하고 있었던 것이다.

그것도 모르고 이겨 보겠다고 발버둥을 치고 있었으니 저놈이 속으로 얼마나 비웃었을까?

'오냐, 어디 한 번 두고 보자.'

이대로 그냥 당하지는 않는다.

이런 곳에서 허무하게 죽으려고 그토록 힘들게 무공을 갈고닦은 것이 아니었다.

게다가 이놈에게만은 지고 싶지 않았다.

그의 치부를 알고, 그것을 모욕한 이놈에게만은 절대로 지고 싶지 않았다.

'반드시 빈틈이 있을 터인데……'

정유기가 초조해하며 무공을 전개하고 있을 때.

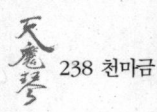

천마 담천후는 느긋한 마음으로 추억을 곱씹고 있었다.
'불마대미륵기공이라……'
오백 년 전.
천축의 대뢰음사(大牢陰寺)를 대표하는 기공이 바로 불마대미륵기공(佛魔大彌勒氣功)이다.
그 당시의 대뢰음사는 천축은 물론 천하에 그 압도적인 위세를 과시하고 있었다.
그 때문에 이제 막 성장하고 있던 신흥 세력인 천마신교에게는 너무도 버거운 적이 분명했다.
허나 천마신교는 결국 그들을 박살 냈다.
그건 천마 담천후.
그 혼자만의 힘이었다면 아마 불가능했을 것이다.
'초량……'
사실 녀석이 술법으로 측면 지원을 해 주었기 때문에 대뢰음사를 멸문시키는 것이 가능했다.
그만큼 믿을 만한 친구였고, 함께 천하의 주인이 되기 위해 그렇게 고군분투했었는데…….
어느 날 갑자기 녀석은 자신을 칼에 봉인해 버렸다.
천하 통일이 바로 코앞까지 왔는데, 대체 왜?
왜 그랬던 걸까?
'왜 그랬느냐……'

정말 묻고 싶었다.

천하가 탐이 나서 그것을 혼자 삼키고 싶다고 말했다면, 그깟 천하 줄 수 있었다.

어차피 당시에는 처음부터 천하가 목적이 아니었으니까.

너무도 심심하고 무료하던 일상이었다.

살아 있는지, 죽은 건 아닌지 담천후 그 자신도 알 수 없던 지옥보다 지루한 나날이었다.

그것을 재미있게 바꿔 준 것이 바로 초량이었으니 녀석이 원했다면 천하도 줄 수 있었다.

그런데 왜 하필…….

그렇게도 어중간한 시점에 자신을 봉인했어야만 했던 건지 아직도 너무 궁금했다.

그때.

'응?'

갑자기 잡종 놈의 공격이 변했다.

여태껏 천축 대뢰음사의 무공만을 쭉 사용하더니 별안간 듣도 보도 못한 괴상한 무공을 쓰기 시작하는 게 아닌가?

허나 제법 신선하긴 했지만 아무래도 손에 익지 않은 무공인 듯싶었다.

천마 담천후는 정유기의 공격을 너무나도 쉽사리 막아 내고, 마침 비어 있던 놈의 복부를 발로 걷어찼다.

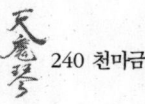
240 천마금

뻐억—

태감 정유기의 등이 그 순간 활처럼 휘어졌다.

이 정도 타격이라면 적어도 사나흘 정도는 아무것도 삼키지 못할 것이다.

그 순간.

쾅—!

정유기는 일부러 강력한 공격을 한 다음 그 반발력으로 뒤로 훌쩍 물러섰다.

그리고…….

웨엑—!

허리를 숙이고 바닥에 토악질을 하기 시작했다.

담천후가 그런 정유기를 보며 낮게 혀를 찼다.

"이제야 하늘이 높은 줄 알겠느냐?"

조롱기 가득한 음성에 태감 정유기는 광기로 번들거리는 눈을 들어 담천후를 쏘아보았다.

그래 봐야 담천후는 콧방귀를 뀔 뿐이었다.

저놈이 아무리 날고 기어 봤자 자신에게 그 어떤 해도 입힐 수 없다.

오히려 발악하면 할수록 담천후는 즐거워질 뿐이었다.

"그래 이제는 무얼 보여 줄 생각이냐?"

최대한 천천히 괴롭히다가 죽일 생각이었다.

담천후는 느긋한 걸음으로 태감 정유기를 향해 걸어갔다.

확실히 이놈은 괴롭히는 재미가 쏠쏠했다.

살기 위해 발버둥치면서 이것저것 가지고 있던 밑천들을 다 드러내 보였기 때문이다.

"뭐냐, 이젠 보여줄 게 없냐?"

정유기는 얼굴을 찡그렸다.

담천후 이 자식이 이제는 아주 노골적으로 비아냥거리고 있었기 때문이다.

'방법이 없나, 방법이……'

도망칠 수는 없었다.

이렇게 모욕을 당하고 도망치느니 그냥 죽고 말겠다고 생각하는 정유기였다.

천마 담천후는 음충맞은 웃음을 그리며 양손을 펼쳤다.

"그럼 이제 내가 하나씩 보여 줄 차례로군."

"개자식……"

"그럼 막아 보거라, 잡종."

천마 담천후.

마(魔)의 조종, 마중마(魔中魔)라 불리는 천마 담천후가 펼치는 무공이다.

손짓 하나하나에 패도적인 기세가 넘실거렸다.

"우선 가볍게 하나."

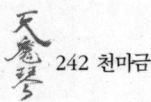

담천후의 양쪽으로 펼친 손에서 붉은색 구름이 넘실거렸다.

"마운수(魔雲手)?"

아니 조금 달랐다.

일단, 풍겨 나오는 기세부터 심상치 않았다.

정유기의 미간이 한가운데로 모일 때.

담천후가 대답했다.

"아아, 내 후예들이 이걸 보고 흉내내서 쓰나 본데. 진짜배기는 고작 그런 아류들과 비교할 수 없는 위력이 있지. 어디 한 번 몸으로 겪어 보시게나."

담천후가 한쪽 팔을 느릿하게 휘둘렀다.

그러자 휘두른 팔에 따라 대기를 가로지르는 묵직한 파공음이 울렸다.

후웅―

투각―!

"컥!"

눈앞에 불똥이 튀었다.

접선으로 막아냈는데도 이 무슨 말도 안 되는 파괴력이란 말인가?

양손이 찌릿찌릿하다고 여기고 있을 때.

담천후가 웃으며 말했다.

"사람의 팔은 두 개지……. 안 그래?"

후웅—

반대쪽에 있던 팔이 움직이는 순간 정유기는 죽음을 생각했다.

'어차피 죽을 거라면…….'

정유기는 방어를 아예 도외시했다.

같이 죽기로 작정했던 것이다.

하지만…….

그것마저도 천마 담천후는 예상하고 있었다.

원래 쥐도 궁지에 몰리면 고양이를 무는 법이다.

그것을 잘 알고 있던 담천후였다.

당연히 궁지에 몰린 쥐가 아귀처럼 덤벼드는 것쯤은 불을 보듯 뻔한 일.

우두둑—!

정유기의 몸이 완벽하게 기역 자로 꺾이며 힘없이 날아갔다.

허나 정유기는 최후의 순간 모든 내력을 쥐어짜 내서 접선을 폭발적으로 쏘아 보냈다.

'이따위 것쯤…….'

최후의 발악 따위 우스울 뿐이었다.

예상했던 수순이었고, 예상했던 위력이었다.

담천후가 가볍게 손을 들어 막으려는 그때.

"으읔!"

갑자기 담천후는 심장이 조여 오면서 전신에서 힘이 급속도로 풀려 가는 것을 느꼈다.

"이건 무슨……."

뻐억―!

정유기는 눈을 부릅떴다.

방어를 도외시한 채 공격을 했던 정유기의 접선이 그의 단전을 꿰뚫어 버렸기 때문이다.

공격을 한 정유기 역시 얼떨떨한 얼굴이었다.

이런 별것 아닌 공격이 성공할 것이라고는 조금도 기대하지 않았기 때문이다.

"히, 히히…… 으히히힛……."

정유기는 웃었다.

기대하지도 않았던 일격이 성공했다.

이젠 이대로 죽어도 그다지 억울하지 않을 것 같은 생각마저 들었다.

"까불더니…… 꼴좋다, 병신."

"미친놈. 끄으……."

담천후는 복부에 박힌 접선을 뽑아내며 재빨리 혈도를 지혈했다.

힘이 급속도로 흩어져 가기 시작했다.

"히히, 히히힛……."

담천후는 미친놈처럼 웃고 있는 정유기의 머리통을 향해 접선을 집어던졌다.

퍽—

수박 쪼개지는 소리와 함께 정유기의 웃음소리가 멎었다.

담천후는 숨을 몰아쉬며 낮게 이를 갈았다.

"빌어먹을……."

이런 곳에서 이렇게 허무하게 죽을 순 없었다.

헌데 왜 방금 전에는 내력이 이어지지 않았던 것일까?

머릿속에 그런 의문을 품기도 전에 정신이 흐릿해지기 시작했다.

덜덜덜—

몸이 가늘게 떨려 왔다.

추위가 느껴지는 것과 동시에 전신의 근육이 경련을 일으킨 탓이다.

"빌어먹을……."

담천후는 억지로 내력을 움직였다.

창자가 끊어지는 듯한 고통이 밀려 왔지만 지금은 차라리 고통이라도 느껴지는 게 다행이었다.

고통이 느껴지지 않는 순간이 바로 담천후의 모든 것이 끝

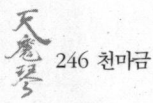

나는 순간이니까.

담천후는 큰 나무 아래로 힘겹게 걸어가서 호흡을 골랐다.

이제 최후의 도박을 해 보는 수밖에 없었다.

잠력을 강제로 폭발시킨 후 빠르게 운기조식을 해서 상처를 회복시킬 속셈인 것이다.

성공만 한다면 회복의 가능성이 있었다.

'포기하기엔 이르지.'

과거 강호행을 할 때 이것보다 더한 부상을 당한 적도 많았다.

그러나 그때마다 헤쳐 나오지 않았던가?

이번에도 마찬가지일 것이다.

허나……

뿌드득—

담천후는 이를 갈며 바닥에 가부좌를 틀고 앉았다.

그리고 잠력을 격발시켰다.

우우웅—

단전은 없었지만 전신에 내력이 거미줄처럼 퍼져가는 것이 느껴졌다.

'살 수 있다. 크크크……'

이 정도의 내력이면 충분했다.

호흡을 고르며 막 폭류처럼 흐르는 내력을 조율하려고 할 때였다.

두근—

갑자기 심장에 알 수 없는 압박감이 덮쳐들고, 팔다리 근육이 뒤틀리며 저리기 시작했다.

'이, 이게 왜 또……'

좀 전과 같은 느낌.

다음 순간.

덜컥—

담천후는 본인의 의지와 상관없이 몸이 움직여지는 것을 느꼈다.

몸의 제어권이 사라진 것이다.

불길한 예감이 전신을 엄습했다.

"으응? 여긴 어디야? 내가 왜 여기 있어? 아, 그런데 여긴 왜 이렇게 아픈 거야? 어? 어어? 피, 피다! 으아아악!"

담천후는 다음 순간 절망했다.

이 몸의 본래 주인이었던 엽륜.

완전히 사라진 줄 알았던 그놈의 의식이 이렇게 중요한 시점에 깨어났기 때문이다.

'죽었군.'

입가에 절로 쓴웃음이 그려졌다.

이 멍청이가 이렇게 중요한 순간에 정신을 차릴 줄이

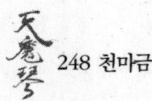

야…….

허무했다.

"으, 으으. 너무 아파……. 칼귀신아, 이거 대체 어떻게 된 거야, 응?"

천마 담천후는 징징거리는 엽륜의 목소리를 들으며 눈을 아예 감아 버렸다.

잠력을 강제로 폭발시켜 버린 이상 촌각을 다투는 상황이 된 것이다.

그 찰나의 순간을 쪼개서 운기조식을 하여 사태를 수습해야 했는데 이미 늦어 버렸다.

'결국 끝까지 못 물어보고 가는구만.'

아쉬움이 목구멍까지 차올랐지만 별수 없었다.

이것으로 끝인 것이다.

2.

쾅르릉—

마른하늘에 날벼락이 쳤다.

초량은 짓무른 손을 주물럭거리다가 문득 벼락 소리에 얼굴을 찡그렸다.

괜히 불길한 느낌이 들었다.

초량은 허공에 손을 뻗어 보통 사람들에게는 보이지 않는 천지(天地)간의 기운 중 하나를 뽑아 들었다.

괘효(卦爻; 주역에서의 괘와 효를 뜻함)였다.

한참 그것을 들여다보고 있던 초량의 손이 가늘게 떨렸다.

그러다 그의 입이 점점 벌어지고 신음과 닮은 작은 음성이 주름진 입술 사이로 흘러나왔다.

"천려일실(千慮一失; 천 번의 생각 중의 단 한 번의 실수)이라...... 허허......"

천기를 건드려 담천후를 강제로 칼에 봉인시키고 천기를 어지럽힌 대가로 오백 년 동안 죽지 못하는 저주를 받았다.

오백 년을 기다려서 담천후를 현세에 강림시켰는데…….

"어째서……"

정유기라는 놈을 만나는 것부터가 전혀 예상치 못했던 일이었다.

그리고 천마 담천후가 고작 그런 놈에게 죽는다는 것도 예상할 수 없었다.

거기에 가장 큰 실책.

"엽륜…… 엽륜이라니……"

전혀 예상치 못했던 일이 천기에 개입했다.

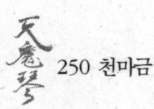

초량이 짜놓은 거대한 바다와 같은 계획.

그 거대한 바다에 작은 벌레 하나가 끼어든 셈이었지만 그 작은 벌레가 가져온 결과가 너무나도 참혹했다.

"어이, 영감, 왜 그렇게 죽을상을 하고 있어."

"......"

잠깐 사이에 십 년은 더 늙은 듯한 몰골로 바닥에 주저앉아 있는 초량을 본 백무량이 말을 걸었다.

그러나 초량은 한참을 대답하지 못하다가 죽어가는 것처럼 잠긴 목소리로 겨우 대답을 꺼냈다.

"왔느냐······."

"으응······. 근데 왜 그래?"

백무량이 왠지 심각한 분위기에 의아한 얼굴을 할 때에 초량이 다시 입을 열었다.

"천마 담천후가 죽었다."

"응?"

"이곳으로 오는 도중에 작은 벌레를 만났지. 그리고 그 벌레에게 죽었다."

"그게 무슨 말이냐?"

"으흐흐······. 그러게······. 무슨 말이더냐, 이게 대체······."

초량은 전신을 부들부들 떨다가 큰 고함과 함께 붉은 피를 왈칵 토해 낸 다음 기절해 버렸다.

백무량은 일이 어떻게 된 것인지 모르기에 그저 어리둥절할 따름이었다.

3.

"이제 정신이 좀 드냐?"

눈을 뜬 초량은 천천히 주위를 둘러보았다.

"······시간이 얼마나 지난 거냐?"

"이제 겨우 일 다경밖에 안 지났지. 그런데 무슨 일이냐? 뭔가 일이 꼬였나 보네?"

초량은 그답지 않게 실실 웃었다.

"꼬였지. 그것도 완벽할 정도로 더럽게 꼬여 버렸지. 크크크······."

"어이 왜 그래? 실성한 것처럼······."

"차라리 미쳐 버렸으면 좋겠다."

초량은 웃음기를 완전히 거두고 몸을 일으켰다.

백무량은 왠지 그 모습에서 어떤 비장한 각오 같은 것을 느꼈다.

"천마 담천후가 죽어 버렸다. 내 계획에서 가장 중요한 축을 담당해야 할 녀석이 죽어 버린 거지."

"그렇게 되나."

"난 이제 더 이상 뒤로 물러설 곳은 따위는 없다."

"그래서 어쩌려고?"

"천마 담천후가 세상에 남긴 씨앗이 있다."

"씨앗?"

"그래. 놈의 그릇이 천마 담천후만큼 클지 안 클지는 장담할 수 없지만 지금은 그놈이라도 써먹어야겠어."

"급하긴 어지간히 급한 모양이구만."

"나도 그렇고…… 너 역시 이제 남겨진 시간이 얼마 없으니까."

세상에 존재해서는 안 되는 거대한 힘을 지닌 존재가 천기를 거스르고 존재하고 있다.

초량과 백무량, 둘 모두가 말이다.

분명히 세상에 오래 존재할 수는 없을 것이다.

"오늘 밤, 그 어린놈을 이곳으로 강제로 잡아 온다."

"어떻게?"

초량은 곁에 두었던 지팡이를 꺼내 들며 낮게 말했다.

"내가 직접 가야겠지."

"호오? 하긴 그러면 되겠군."

공간전이대법을 쓸 모양이었다.

"그 어린놈에게는 미안하지만 스승의 빈자리를 채우는 것이니 이해하겠지."

4.

천자후는 침상에서 눈을 떴다.
새카만 어둠 속.
아무도 없어야 할 그곳에 누군가가 있음을 알아보았기 때문이다.
"용기가 가상하군."
어둠 속에 있는 인물이 누군지는 모르겠지만 상대를 잘못 골랐다.
자기가 누구던가. 천마 담천후에게서 직접 무공을 사사받고 흑혈까지 물려받은 후계자.
천마신교의 소교주가 아닌가?
어둠 속의 그림자가 느릿하게 움직이기 시작했다.
자세히 보니 왜소한 체구의 눈먼 노인이었다.
노인은 천천히 움직이며 입을 열었다.
"한 번 반항해 보겠느냐? 너도 그냥 잡혀가기는 억울할 터이니……."

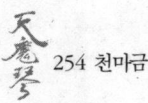

"미친 노인이군."

천자후가 가볍게 손을 휘저었다.

그러자 방 안에 강대한 기류가 흐르며 눈앞에 있는 노인을 휩쓸어 갔다.

갈가리 찢겨서 아마 시체는커녕 옷조각 하나도 찾지 못하리라……

그것이 천자후의 예상이었지만 현실은 그렇지 못했다.

"설마 이게 끝인가?"

천자후의 눈빛이 변했다.

노인은 멀쩡했다.

피하거나 부딪쳐서 깨 버린다거나, 그것도 아니면 작은 움직임이라도 있어야 했다.

그런 움직임도 전혀 없었는데 처음과 다름없는 모습, 아니 미동도 없었던 것 같았다.

"과연 믿는 구석이 있었다 이건가."

천자후는 신중한 눈빛을 해 보였다.

이만큼 소란을 피우면 누군가가 올 법도 하건만 사방은 고요했다.

이 눈앞에 있는 노인이 호위를 보고 있던 녀석들 전원을 침묵하게 만든 것이라면 우습게 볼 일이 아니었다.

"이것도 한번 막아 봐라."

구름과 닮은 붉은 강기가 천자후의 양손에 맺혔다.

천마신교의 자랑인 마운수였다.

허나 보통의 마운수가 아니었다.

천마 담천후로부터 흑혈을 받았기에 마기를 다루는 데 더욱 익숙해진 천자후다.

그가 쓰는 마운수는 천마 담천후의 그것과 필적할 만한 위력을 지녔다.

허나…….

"이럴…… 수가."

천자후의 마운수는 장님 노인의 몸에 닿는 순간 씻은 듯이 사라져 버렸다.

마치 애초부터 기운을 일으키지 않은 것처럼 강기의 구름이 벗겨진 것이다.

천자후가 굳어 있을 때 장님 노인이 말했다.

"더 놀아 주고 싶다만 내가 시간이 별로 없어서 실례 좀 해야겠다."

"그렇게 쉽게 될 것…… 허억!"

눈앞에 빛무리가 잠깐 아른거린다 싶었는데 일순 주변의 경관이 바뀌었다.

"여긴…… 어디냐?"

천자후가 장님 노인에게서 떨어지며 방어 자세를 취할 때.

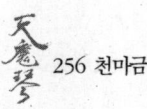

갑자기 누군가가 그의 뒤에서 나타나 어깨를 잡았다.

파악―!

어깨에 올려놓았던 손을 쳐내려 했지만 허공만 때린 천자후는 이를 갈며 자세를 잡았다.

"지옥에 온 걸 환영한다, 꼬맹아."

젊은 청년의 모습을 한 백무량은 오랜만에 보는 천자후를 보며 빙그레 웃어 주었다.

제 18 장
변화

1.

아침 햇살에 서문무휘는 눈을 떴다.

그러다 문득 바로 옆에서 느껴지는 체온에 깜짝 놀라 잠시 움찔했다가 곧 안심한 얼굴로 돌아왔다.

'꿈이 아니었나 보군.'

서문무휘는 자신의 팔을 베고 새근새근 자고 있는 악소명을 보고 묘한 기분을 느꼈다.

맨 처음, 아주 어렸을 때 악소명을 처음 만났던 그 순간부터 자신은 그녀에게 이미 반해 있었던 걸지도 몰랐다.

아니 그랬던 것 같다.

허나 지금은 그런 말을 차마 해 줄 수가 없었다.

얼마나 가벼워 보이겠는가?

서문무휘는 자신의 생각에 피식 웃어 보이곤 자리에서 조심스럽게 일어섰다.

혹시나 악소명이 깨어날까 봐 최대한 움직임을 줄였다.

그리고 무신지경의 고수가 할 수 있는 한 최고로 조용하게 옷을 입었다.

그러나,

『어디 가려고?』

악소명도 역시 화경의 고수였다.

이 정도의 부산스러움에 깨어나지 않는다면 그게 오히려 이상한 일일 것이다.

서문무휘는 어색하게 웃어 보였다.

"내려가서 먹을 거라도 조금 들고 오려고 했다."

『그럼 같이 가자.』

서문무휘가 고개를 끄덕였다.

그러자 악소명이 고개를 새침하게 옆으로 돌리며 말했다.

『일단 눈부터 감아.』

"아아······."

서문무휘는 피식 웃으며 눈을 감았다.

애초에 천이통 앞에서 눈을 감으나 뜨나 상관없었지만 악소명이 그렇게 하라고 하니 굳이 토를 달지 않았다.

스륵— 스르륵—

이불로 몸을 가린 채로 악소명이 조심스럽게 옷을 하나씩 입고 있는 것을 귀로 감상하던 서문무휘는 문득 자신이 웃고 있다는 것을 깨달았다.

이게 얼마 만에 짓는 웃음인가?

스승님과 함께 할 때를 제외하고 강호에 나온 후로는 진심으로 웃어 본 기억이 없는 것 같았다.

『음흉하기는.』

악소명의 새치름한 전음에 서문무휘는 퍼뜩 정신을 차리고 눈을 떴다.

악소명은 이미 옷을 다 입고 서문무휘를 열에 달뜬 듯한 시선으로 바라보고 있었다.

서문무휘는 헛기침을 몇 번 한 다음 말했다.

"가자."

말이 끝나기가 무섭게 자신에게 자연스럽게 안겨 오는 악소명을 부드럽게 받아 옆에 내려놓으며 서문무휘는 웃었다.

악소명도 웃었다.

왠지 행복한 느낌이었다.

그냥 모든 걸 잊고 이대로 사는 것도 나쁘지 않을 것 같은 기분이었다.

자신도 모르게 떠오른 생각에 서문무휘는 고개를 휘휘 저어 그 생각을 몰아냈다.

그리고 쓰게 웃었다.

사막왕 야율황.

그놈에 대한 원한을 불과 하루 만에 잊을 뻔하다니…….

여자란 과연 무서운 존재였다.

『안 가?』

"아아, 가야지."

문을 열고 객잔에 딸려 있는 식당으로 가자 낯익은 얼굴이 눈에 들어왔다.

"오, 오라버니……."

홍예몽.

지금은 별로 보고 싶지 않은 여자였다.

서문무휘는 냉정한 눈으로 그녀를 응시했다.

"아직 가지 않았던가?"

"……."

홍예몽은 입을 열어 무언가를 말할 듯 말 듯 우물거렸지만 결국 하지 못했다.

그러다 그녀는 창백한 얼굴로 비틀거리며 자리에서 일어나 밖으로 나갔다.

그녀 곁에 있던 혈추옹은 굳은 얼굴로 서문무휘를 응시했다가 다시 그의 옆에 있는 악소명을 바라보았다.

"소협의 의견은 존중하는 바이오. 허나 꼭 눈앞에서 이렇게까지 했어야 했나 하는 의문이 드는구려."

"그 아이는 이렇게까지 해야 제 말을 들을 것이라 생각을 합니다만……."

혈추옹은 서문무휘의 냉담한 얼굴을 보며 조용히 한숨을 내쉬었다.

차라리 이게 잘된 일일지도 모른다.

"아무튼…… 다시는 볼 일이 없기를 바라외다."

서문무휘는 고개를 끄덕였다.

그건 똑같은 같은 생각이었기 때문이다.

2.

『기분 더러워.』

악소명의 짧고 강렬한 전음에 서문무휘는 쓴웃음을 지었다.

가만히 생각해보면 지독하게 자기들 위주로만 생각하는 사람들이다.

"어차피 다시 안 볼 사람들이니 신경 꺼."

악소명은 그래도 마음이 풀리지 않는지 새치름한 얼굴을 하고 있었다.

막 탁자에 앉아 식사 주문을 해 놓았을 때다.

누군가가 자연스럽게 다가와 서문무휘와 악소명이 사용하는 탁자에 딸린 빈 의자에 앉았다.

"아미타불……."

까까머리 중이었다.

서문무휘도 그랬지만 악소명도 이 중이 아까부터 주변에서 얼쩡거리고 있다는 사실은 알고 있었다.

그냥 모르는 체하고 있었을 뿐이다.

그가 단순히 보통 스님이 아니라 소림에서 나온 무승이라는 것을 알았기 때문이다.

그때 스님이 탁자에 놓여 있던 차를 아무런 거리낌 없이 입으로 가져가며 말문을 열었다.

"다들 바쁜 사람이니까 바로 본론부터 말해도 되겠지?"

"그게 편하겠지."

젊은 스님.

소림의 차세대 장문인이 될 일각은 히죽 웃으며 말했다.

"적의 적은 친구가 된다는 말이 있는데 혹시 들어 보았나?"

"적의 적이라……."

서문무휘는 턱을 쓰다듬었다.

무슨 의도로 찾아온 것인지는 단번에 알았다.

헌데 굳이 이들과 함께할 필요가 있을까?

"우리 무림맹은 천하삼패와 싸우고 있다. 뭐 지금은 싸운다기보다 일방적으로 밀린다는 쪽에 가깝지만. 그래도 뭐……."

"그래서 용건은?"

일각은 갑자기 두 손을 가운데로 모으고 머리를 숙였다.

그리고 말했다.

"도와줘."

"……."

뭘까, 이 황당한 놈은?

서문무휘가 잠시 당황해 가만히 있자 일각이 말했다.

"네가 아미파 장문인을 죽인 게 아니란 걸 알고 있어."

천자후.

그가 아미파의 장문인을 죽이고 그때 포위했던 아미의 제자들 모두를 몰살시킨 것을 일각은 이미 알고 있었다.

"우리는 너와 화해하고 싶다."

"……정말 비겁하군."

서문무휘의 직설적인 말에 일각은 자신의 민머리를 한 번 쓸어 보이며 히죽 웃었다.

"우리도 그런 것쯤은 잘 알고 있지. 하지만 알량한 자존심을 지키자고 제자들을 죽게 할 수는 없어. 사문의 어른들은 아직도 그렇게 생각하는지 몰라도 적어도 나는 아니야."

일각의 말에 서문무휘는 웃었다.

그 웃음에는 어이없다는 뜻이 듬뿍 담겨 있었다.

"뜻은 가상하군. 하지만 내가 도와줄 거라고 생각하나?"

"엉, 넌 좋은 놈이니까."

"미쳤군."

정신 상태가 정상이 아닌 놈이었다.

헌데 그래서일까?

놈의 말이 마약처럼 귓가에 스며들었다.

"넌 다른 마인들과 달라. 그건 눈을 보면 알 수 있지."

그건 좀 입에 발린 칭찬이었다.

서문무휘가 흐릿하게 웃자 일각은 상체를 앞으로 깊숙하게 숙이고 나지막한 목소리로 말했다.

"너는 우리를 도와줄 수밖에 없어."

"왜 그렇게 자신하지?"

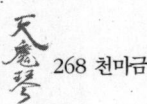

"너는 신마 백무량이 걸었던 길을 걸을 거니까."

"……."

서문무휘의 얼굴이 딱딱하게 굳었다.

눈앞에 있는 일각이라는 무승은 분명 우연이었겠지만 정곡을 제대로 찔렀다.

스승의 유지를 잇고 싶다.

그런 생각은 특히 뛰어난 스승을 둔 제자라면 누구나 생각하는 것일 테다.

"내가 그쪽을 도와서 얻는 건 뭐지?"

"천마신교."

"……."

"어때? 땡기지?"

서문무휘는 깍지 낀 손을 탁자에 올렸다.

그리고 입을 열었다.

"확실히 흥미는 생기는군. 자세히 들어 보자."

3.

유운비(流雲飛)는 상인이다.

허나 그는 보통 상인이 아니었다.

그가 거래하는 상품은 사람.

사람과 사람 사이에서 사람의 능력을 돈 받고 중개해 주는 상인.

즉 중개인이었다.

유운비는 강호에 널린 수없이 많은 중개인들 중에서도 단연 최고로 손꼽히는 인물이었다.

유운비.

하얗고 보드라운 피부.

언뜻 보면 여자라고 착각할 만큼 유운비는 선이 가늘고 고운 남자였다.

그는 평소에 놀라는 일이 좀처럼 없다.

그런데 오늘 그는 자신을 찾아온 손님을 보고 꽤 놀랐다.

"낭인왕이 무슨 일로 나를 다 찾아왔어?"

낭인왕 사도치.

거친 야생마 같은 사내가 유운비를 내려다보며 얼굴을 찡그려 말했다.

"먹고 있던 거나 다 처먹고 말해라."

"아, 실례."

유운비는 입안에 있던 음식물들을 우물우물 씹어서 넘긴 다음 다시 입을 열었다.

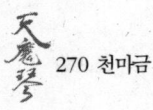

"무슨 일이야?"

"전에 네가 내 몸값이 얼마라고 말했었지?"

"금 일 관(金一貫)이라고 했지."

사도치 정도의 사람을 쓰려면 최소한 금 일 관(金一貫)이 필요하다는 뜻이다.

낭인왕의 가치가 금 일 관이라는 말이었다.

"일 관이라……."

금 일 관(金一貫).

일 관은 한 근의 열 배를 뜻하는 단위이니, 금 일 관(金一貫)이라 하면 도심지에 저택을 지을 수도 있는 어마어마한 돈이었다.

사도치는 자신의 가치를 떠올리며 의미심장하게 웃었다.

"그럼 네 몸값은 얼마지?"

"내 몸값?"

유운비는 잠시 사도치를 바라보다가 입을 열었다.

"난 맡는 일에 따라 다르지."

"그래?"

"재미없는 일이면 금 열 관. 재미있는 일이면 단돈 한 냥으로도 가능하지."

"저렴하군."

사도치는 그렇게 말하며 품에서 한 냥짜리 동전을 꺼내 들었다.

팅—

동전을 손가락으로 튕겨 빈 밥그릇에 던져 넣으며 사도치가 말했다.

"따라와. 네 눈이 필요하다."

유운비는 고개를 갸웃거렸다.

선뜻 이해가 가지 않았기 때문이다.

"내 눈이 필요하다고?"

"그래."

유운비.

잠시 생각에 빠졌던 그의 눈에 갑자기 빛이 번뜩였다.

"누굴 보여 주려고?"

유운비의 질문에 사도치는 잠시 멈칫했다가 곧 앞으로 걸어 나가며 말했다.

"날 이긴 놈."

"뭐?"

유운비는 이번에는 진심으로 놀랐다.

낭인왕 사도치.

그 개인의 명성도 명성이었지만 유운비는 강호에서 유일하게 사도치의 스승을 알고 있었다.

그랬기에 사도치의 말이 더욱 충격으로 다가왔다.

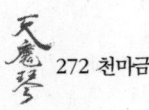

"일단 따라와. 그리고 네 눈으로 직접 봐라."
"그래."
이건 정말 흥미로운 일이었다.

4.

중개인 유운비가 갖춘 능력은 사실 매우 특별했다.

그는 한 번 눈으로 본 사람의 값어치를 돈으로 정확하게 환산할 수 있는 능력이 있었다.

그 사람에 대해 아는 것이 없는데도 놀랍도록 적확하게 그 사람의 값어치를 계산해 낼 수 있는 것이다.

본인 말로는 사람마다 각자 독특한 색깔의 영력(靈力)을 뿜어낸다고 하는데…….

사도치에게는 이해하기 어려운 설명일 뿐이었다.

유운비는 지금 턱을 쓰다듬고 있었다.

그에게 어울리지 않게 진짜 심각한 얼굴이었다.

"어떠냐?"

"음……."

저 멀리 보이는 미청년.

유운비는 여러 각도에서 그 청년을 주시하며 얼굴을 찡그렸다.

그러다 신음처럼 감탄사를 내뱉고 다시 작게 중얼거렸다.

"……보이지 않아."

이건 전례가 없는 일이었다.

그래서 더욱 구미가 당겼다.

대체 누구기에 중원 최고의 중개인 유운비의 눈으로도 가치가 매겨지지 않는 것일까?

"저 녀석 대체 누구야?"

"서문무휘."

"응? 서문무휘라고?"

되묻는 유운비의 눈동자가 크게 뜨여졌다.

"신마 백무량의 제자 서문무휘 말이야?"

"그래, 그놈이지."

"과연…… 그런 거물이니 측정이 안 되지."

"도움이 안 되는군."

사도치의 핀잔에 유운비는 움찔했지만 곧 씨익 웃어 보였다.

"가치가 측정되지 않는 인간이 있다는 건 오늘 처음 알았어. 이게 다 낭인왕님 덕분이니까 보답으로 좋은 걸 알려 주지."

"뭔데?"

유운비는 장난스럽게 웃으며 말했다.

"저 녀석, 오늘부로 무림맹과 손을 잡았다더군. 둘이 함께 천하삼패를 박살 내기로 했어."

"뭐?"

"더불어 동창 역시 천하삼패를 악도의 무리라고 규정지었지. 그동안 침묵으로 일관해 오던 황실이 본격적으로 무림의 일에 개입하려 한다고."

"난리 났군."

"한동안 강호가 떠들썩해질 거야."

5.

"드디어 시작이다."

천지를 개벽하게 만드는 일.

더 이상 물러설 수 없었다.

초량은 집게손가락 끝에 술력(術力)을 모았다.

그리고 그것으로 허공에 주문을 써 내려갔다.

모두 오백여 자(字)에 이르는 기나긴 법문이었다.

순식간에 그것을 써 내려간 초량은 백무량을 향해 손을 내밀었다.

그 순간.

"어라?"

펑—

백무량의 몸이 본인의 의지와 상관없이 갑자기 허공에 떠오르기 시작했다.

"신기하네, 이거."

백무량이 신기한 얼굴을 해 보일 때.

반쯤 기절한 채였던 천자후를 향해 초량이 손을 내밀었다.

그러자 천자후 역시 허공에 떠오르기 시작했다.

둘이 허공에 일정 높이까지 떠오르자 초량이 다시금 양손을 모으고 괴상한 주문들을 외우기 시작했다.

백무량은 그 모습을 흥미롭다는 표정으로 조용히 지켜보고 있었다.

그때.

'음?'

갑자기 그의 몸이 의지대로 움직이지 않았다.

뭔가 설명할 수 없는 거대한 기운이 그의 몸을 세로로 관통한 듯한 느낌.

이건 독특한 경험이었다.

아마 맞은편에 떠올라 있는 천자후 역시 같은 느낌일 것이다.

물론 제정신이 있는 상태라면 말이지만······.

초량의 주문은 끊이지 않고 계속 이어졌다.

꽤나 오랜 시간 동안 저렇게 외우고 있는데 생각보다 폐활량이 좋았던 모양이다.

백무량이 그런 쓸데없는 생각을 하며 지켜보고 있을 때.

갑자기 초량이 주문을 중단했다.

그리고 식은땀을 비 오듯 흘리기 시작했다.

'시작된 건가.'

첫 번째 고비.

지금 백무량과 천자후의 몸에 들어와 있는 신(神)을 본인의 몸으로 받아들이는 과정이었다.

무공으로 단련한 백무량이나 천자후야 그다지 상관없었겠지만 무공의 무자도 모르는 초량으로서는 굉장히 부담스러운 단계였다.

한참을 혼자서 끙끙거리더니 결국 위험한 고비를 무사히 넘긴 모양이었다.

평온해진 얼굴로 차분하게 주문을 외우던 초량은 잠시 후 입을 다물었다.

백무량은 갑자기 주변의 공기가 무거워지는 듯한 느낌을 받았다.

그 순간.

번쩍—

백무량은 자신의 눈을 의심했다.

항상 눈을 감고 있던 초량이 두 눈을 부릅뜨고 있었기 때문이다.

벽안(碧眼; 푸른 눈).

초량은 푸른 눈으로 세상 이곳저곳을 둘러보았다.

저게 바로 초량이 말했던 진짜배기 신안(神眼)일 것이다.

가장 빈틈없이 촘촘하게 세상을 볼 수 있게 해주는 신의 신비로운 눈.

어느 순간 초량의 몸에서 희미한 황금빛이 은은하게 흘러나오기 시작했다.

바로 두 번째 고비이자 마지막 고비였다.

백무량이 자신도 모르게 주먹을 꽉 움켜쥐고 있을 때.

갑자기 초량이 불쑥 입을 열었다.

「버텨라.」

지금 들린 것은 신의 음성.

말하면 모든 것이 그대로 이루어진다는 신의 음성이었다.

헌데 무언가 문제가 생긴 모양이다.

계획대로라면 이곳에서 신의 음성을 이용해서 육체의 붕

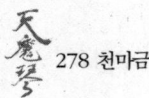

괴를 막아야 했다.

하지만…….

푸스스—

「조금만 더…… 조금만 더 버티면…….」

신의 음성이 점차 작아지기 시작했다.

그러다 결국 초량의 몸에서 흘러나오던 황금빛의 휘황찬란한 기운이 흔적도 없이 사라졌다.

털썩—

천자후와 백무량이 힘없이 바닥에 착지하는 순간 백무량은 한달음에 초량의 곁으로 뛰어갔다.

그리고 초량을 보고 얼굴을 일그러뜨렸다.

"실패……했구만."

"……그래."

초량은 전신을 부들부들 떨고 있었다.

육체가 너무도 강대했던 신의 힘을 받아들이지 못하고 붕괴되어 가고 있었기 때문이다.

"네 녀석한테는…… 미안하게 되었군."

"섭섭한 소리를 하는군 그래."

초량의 몸에 거미줄과 같은 균열이 가기 시작했다.

그러다 점차 가루가 되어 흩어지기 시작했다.

오백 년.

그 긴 시간 동안 그의 육체를 유지하게 해 주었던 저주가 신을 몸에 받아들이면서 깨졌기 때문이다.

그 반발력으로 초량의 육체는 지금 조금씩 모래처럼 흩날리고 있었다.

"……천마 담천후. ……그놈만 있었으면 가능한 일이었다."

"아아……."

"……단지 그게 아쉬울 뿐이야."

사르륵―

한번 시작된 붕괴는 걷잡을 수 없었다.

한 시대를 풍미했던, 아니 몇 세대를 통틀어도 최고의 술법사였던 초량의 죽음치고는 허무한 모습이었다.

모래가루처럼 사라진 초량을 바라보던 백무량은 피식 웃었다.

"이제 내 차례인가?"

신을 받아들였을 때.

초량이 걸어 주었던 금제 역시 해제되었다.

백무량은 두 손을 펴보았다.

육체가 점점 작아지고 있었다.

빠른 속도로 어려지고 있었던 것이다.

"그래도 꼬마, 너는 운이 좋았다."

천자후.

그는 이제 막 정신을 차리고 백무량을 놀라 둥그래진 눈으로 응시하고 있었다.

그리고 입을 열었다.

"선동(仙童)?"

"아아, 벌써 그렇게 보이나?"

목소리도 이미 어린아이처럼 변해 버렸다.

백무량은 헐렁해진 무복을 만지작거리며 히죽 웃었다.

"그럼 이제 선계라는 곳을 구경해 보도록 할까?"

그 말을 마지막으로 백무량은 이쪽 세상에서 완전히 사라져 버렸다.

범인들의 눈에는 보이지 않겠지만 벌써 현학(玄鶴; 검은 학)을 타고 우화등선한 것이다.

"내가 지금 꿈을 꾸고 있는 건가?"

천자후는 자신의 볼을 꼬집어 보았다.

통증이 느껴지는 것을 보니 분명히 꿈은 아니다.

그럼 방금 눈앞에서 벌어진 일들은 대체 다 뭐란 말인가?

천자후는 누구에게 설명해도 아무도 믿어주지 않을 만한 일들을 겪었다.

제 19 장
북해빙궁

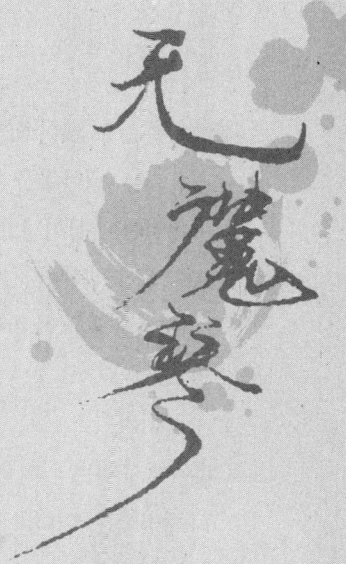

1.

"이틀이 지났다."
"더 기다리려고?"
"아니, 이제는 시간이 없다."
천하삼패의 주인.
야수왕 구휘와 사막왕 야율황은 탁자 하나를 사이에 두고 서로 마주 보고 앉아 있었다.

"정유기는 백무량을 잡을 비장의 패였다. 놈과 정면으로 싸워 유일하게 살아남은 놈이었으니까."

"클클, 근데 북해빙궁의 능가 놈은 왜 그놈 이야기만 나오면 그렇게 발광을 하고 지랄이냐."

"알고 싶나?"

"물론이지."

야수왕 구휘는 의미심장한 미소를 그리며 입을 열었다.

"북해빙궁은 대대로 음한지기(陰寒之氣)를 바탕으로 무공을 익히는 것은 알고 있겠지?"

사막왕 야율황은 고개를 갸웃거렸다.

"그게 왜? 이 이야기에 관련이 있는 이야기인가?"

"물론."

"흥미진진하군."

"아무래도 음기(陰氣)를 바탕으로 무공을 익히기 때문인지 북해빙궁에는 대대로 음양인(陰陽人)이 많이 태어나곤 했지."

"그 이야기는 언뜻 들었던 기억이 있군. 아무래도 천형(天刑)의 저주니까 어쩔 수 없는 일인 게지. 계속해 봐."

"당금 북해빙궁의 주인인 능비계, 그 아버지였던 능천악을 기억하나?"

"알지."

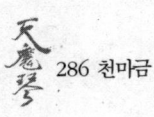
286 천마금

"그의 배다른 동생이 바로 정유기다."

"……!"

"북해빙궁으로서는 수치스러운 이름이겠지. 차기 북해빙궁의 후계자가 될 수도 있는 고수가 기껏해야 환관이 되었으니 얼마나 부끄럽겠나?"

"그랬던 거였군……."

사막왕 야율황은 한참 고개를 끄덕이다가 의심스럽다는 어투로 입을 열었다.

"근데 이걸 나에게 설명해 주는 이유가 뭐지? 네놈답지 않게."

야수왕 구휘는 야릇하게 웃었다.

"아직도 그 이유를 모르겠나? 야율황?"

조금 전과는 확연히 다른 목소리.

사막왕 야율황의 안색이 대번에 변했다.

그와 동시에 야수왕 구휘의 손에서 새하얀 기운이 사막왕 야율황을 향해 거미줄처럼 뻗어 갔다.

콰지지직—!

둘이 앉아 있던 넓은 방 전체에 새하얀 얼음이 빈틈없이 뒤덮였다.

사막왕 야율황은 한 움큼이나 됨직한 피를 토해 내며 이를 갈았다.

"캬악! 퉤! 능비계 이 개자식! 내 몸에 대체 무슨 수작을 부린 거냐?"

"대어를 쉽게 잡을 수 있었는데 번거롭게 됐어. 아쉽다."

사막왕 야율황은 고통스러워하는 중에도 슬쩍 주변을 살펴보았다.

어느새 주위가 완벽하게 포위당해 있었다.

보통의 포위라면 신경도 쓰지 않았겠지만 지금 그를 둘러싸고 있는 놈들은 모두 빙백수라왕 능비계가 개량한 화승총을 들고 있었다.

전에도 한 번 당해 본 적이 있었지만 저건 무신지경의 고수라도 섣불리 덤벼들 수 없는 강력한 무기였다.

"네가 아주 작정을 했구나."

"천하의 사막왕을 사로잡는 일인데 이 정도 투자는 해야지. 그래도 싸게 먹혔군."

야수왕 구휘.

아니, 인피면구를 뒤집어쓰고 있던 빙백수라왕 능비계는 답답한지 인피면구를 벗어던지며 음흉하게 웃었다.

"그러게 나에게 좀 더 잘하지 그랬나, 친구."

"지랄하고 있네."

"자네에게는 두 가지 길이 있네. 순순히 제압당하는 것과 서로 피곤하게 정력 낭비해 가며 다툰 끝에 제압당하는 방법

이 있지."

사막왕 야율황은 이마에 식은땀을 흘리며 뒤로 조금씩 물러섰다.

그 모습을 보며 빙백수라왕 능비계는 히죽 웃었다.

"벽을 부수고 도망칠 생각이라면 버리는 게 좋아. 우리 쪽의 아이들이 이미 빼곡하게 여기를 포위하고 있거든."

"그래? 확실한가?"

"물론이지. 내가 이런 일에 빈틈이 있는 걸 봤나?"

빙백수라왕 능비계의 말에 사막왕 야율황이 작게 어깨를 들썩였다.

그 모습에 빙백수라왕 능비계의 눈썹이 꿈틀거렸다.

"뭐야?"

"크크, 크하하핫!"

사막왕 야율황이 결국 터져 나온 웃음을 참지 못하고 크게 웃었다.

그 모습에 빙백수라왕 능비계가 얼굴을 찌푸릴 때.

조금 전과 다르게 한껏 느긋한 자세로 사닥왕 야율황은 자리에 털썩 앉았다.

그 모습에 빙백수라왕 능비계는 혀로 입술을 적셨다.

이놈이 갑자기 미친 걸까?

설마 저항하는 것조차 포기해?

거기까지 생각한 빙백수라왕 능비계는 고개를 저었다.

저 욕심 많은 놈은 이렇게 호락호락 잡혀 줄 놈이 절대 아니었다.

"자네는 지금 상황이 이해가 안 되나 본데……."

빙백수라왕 능비계는 말을 하려다 말고 깜짝 놀란 얼굴로 뒤를 돌아보았다.

그곳에는 문이 있었고, 그 문에는 무표정한 얼굴의 야수왕 구휘가 서 있었다.

대체 언제부터?

어떻게 여길?

야수왕 구휘는 그 특유의 무감각한 얼굴로 입을 열었다.

"내 흉내는 재미있었나? 능비계."

"……."

빙백수라왕 능비계는 볼을 가볍게 실룩였다.

그러다 피식 웃으며 말했다.

"네놈과 야율중달, 둘이서 짜고 날 함정에 몰아넣은 거냐?"

"똑똑하시군."

야수왕 구휘는 터벅터벅 방 안으로 들어왔다.

그리고 바로 옆에 있는 북해빙궁의 신풍단원이 들고 있는 화승총을 자연스럽게 빼앗아 들며 말했다.

"이런 위험한 물건은 그만 집어넣는 게 어떤가?"

빙백수라왕 능비계는 억지로 웃음을 그리며 입을 열었다.

"야수왕께서는 날 어떻게 할 생각이지? 사막왕과 둘이 합공이라도 할 생각인가?"

야수왕 구휘는 고개를 갸웃거렸다.

"내가 그런 짓을 할 정도로 한가해 보이나?"

"그럼?"

환한 웃음.

야수왕 구휘는 그답지 않은 웃음을 그리다가 정색하며 말했다.

"날 제대로 봤군."

야수왕 구휘는 손가락을 까딱였다.

그러자 그의 뒤에서 이곳을 포위하고 있던 야수문과 적풍단의 고수들이 나타났다.

"그리고 난 이왕 하는 거 확실하게 정리하는 걸 좋아해서 말이야."

"이 개자식들……."

"난 고문 같은 걸 하는 취미는 없으니…… 곱게 죽여 주지."

겨울이 지나고 다가온 봄.

천하삼패 중 하나였던 북해빙궁이 야수문과 적풍단에 의

해 멸문당하게 되었다.

2.

"이제 약속대로 난 남만으로 돌아간다."
"진짜로 가는 거냐?"
야수왕 구휘는 사막왕 야율황을 보며 고개를 끄덕였다.
"중원은 애초에 나와 맞지 않았다. 내 영토는 남만으로 충분하다."
사막왕 야율황은 무언가 복잡하고도 미묘한 얼굴을 했.
너무도 쉽게 천하를 접수한 느낌이기 때문이다.
"천마신교가 왜 잠잠한지 모르겠지만 아마 조심해야 할 거다."
야수왕과 사막왕은 천마신교에 무신지경의 고수가 있음을 아직 모르고 있었다.
"클클, 네가 말해 주지 않아도 알고 있다. 내 밑에도 제법 유능한 놈이 있거든."
"그럼 알아서 할 거라 믿고 난 간다, 남만으로."
그 말만 남기고 야수왕 구휘는 정말 남만으로 모든 병력을 철수시켰다.

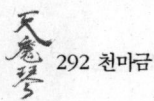

이로써 중원 천하에는 적풍단과 무림맹, 천마신교만 남게 된 것이다.

그리고 뜻밖에도 이들은 서로 눈치만 볼 뿐 그 누구도 섣불리 먼저 움직이지 않았다.

그렇게 팽팽한 균형을 유지한 지 이 개월의 시간이 흘렀다.

3.

『꼭 가야 해?』

서문무휘는 불안해 보이는 표정을 띤 악소명의 머리를 손을 뻗어 쓰다듬어 주었다.

"가야 해. 이건 내 일이야."

『죽을지도 몰라.』

서문무휘는 웃었다.

"그게 겁났으면 애초에 여기까지 오지도 않았어."

말을 하다가 서문무휘는 흠칫 놀랐다.

불과 얼마 전 백무량이 했던 행동과 말들.

그것이 지금 상황과 겹쳐서 떠올랐기 때문이다.

서문무휘는 걱정스럽게 자신을 올려다보는 악소명을 보며

웃어 주었다.

"약속할게. 이번이 마지막이야."

이번이 진짜 마지막이었다.

스승님에게는 미안하지만 더 이상 강호에 미련도 욕심도 없었다.

그토록 원했던 것은 이미 얻었으니까.

"그럼 다녀올게."

서문무휘는 문을 열고 밖으로 나갔다.

오늘은 서문무휘와 서막 적풍단의 주인 사막왕 야율황의 생사비무가 있는 날이었다.

4.

"콩알만 했던 애송이가 정말 많이 컸군."

화산(華山).

그곳에 있는 매화봉(梅花峯) 정상에 지금 사막왕 야율황과 서문무휘가 마주하고 있었다.

위진영이 죽은 지 정확히 반년 만에 둘은 서로 얼굴을 마주하고 설 수 있었다.

"너만 죽이면 무림맹과 동창이 일을 번거롭게 만들지 않겠다고 하길래 받아들였다만…… 그쪽은 너무 무모한 도박을 하는구만."

 사막왕 야율황은 두 손을 비비며 말했다.

 "아직 쌀쌀하니까 빨리하고 내려가자."

 서문무휘는 안중에도 없는 태도.

 하지만 서문무휘는 동요하지 않았다.

 쿠구구—

 "그런데 나도 많이 우습게 보인 모양이야."

 사막왕 야율황의 전신에서 음울한 회색빛 강기가 일렁거렸다.

 "너 같은 덜 여문 놈에게 당할 거라 생각한 건가?"

 서문무휘는 고개를 끄덕였다.

 "그렇게들 생각하고 있지."

 사막왕 야율황이 콧등을 찡그렸다.

 "백무량의 제자님께서는 이 사막왕을 꺾을 자신이 있으신 가 보네? 어이구, 무서워라."

 과장되게 무서운 척하던 사막왕 야율황을 보던 서문무휘 가 다시 입을 열었다.

 "여전히 말이 많군."

 "뭐?"

 "말이 많다고, 이 돼지 새끼야."

서문무휘의 욕설에 사막왕 야율황의 얼굴이 금세 붉으락푸르락해졌다.

격장지계(激將之計).

서문무휘가 준비해 온 것이 바로 이거였다.

"……제법이군."

사막왕 야율황은 빠르게 신색을 회복하며 입술을 파르르 떨었다.

그 모습에 서문무휘는 문득 웃음이 나왔다.

무신지경에 이른 고수도 이런 욕설에 흔들리는 것이 너무 신선하게 다가왔기 때문이다.

허나 사막왕 야율황은 서문무휘의 웃음을 전혀 다른 뜻으로 받아들였다.

그의 얼굴이 흉하게 일그러졌다.

"무신지경을 이루었다고 기고만장하지 마라, 애송아. 격이 다르다는 것이 무엇인지 보여주마."

사막왕 야율황이 양손을 빠르게 문질렀다.

그러자 그의 두 손이 세 배 가까이 부풀어 오르며 무시무시한 독기를 풍기기 시작했다.

그러거나 말거나 서문무휘는 느긋한 태도로 검을 뽑아 들었다.

스승님이 주셨던 현철로 만들어진 검도 아니었다.

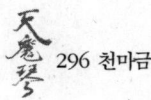

그렇다고 값비싼 보검도 아니었다.
그저 평범한 청강장검.

'내가 아는 건 이거 하나뿐이다. 다른 건 필요가 없었지.'

여유롭게 웃으며 허리춤에 매여 있던 한 자루의 장검을 손가락으로 두들기던 스승님의 얼굴이 떠오르고 서문무휘의 검집에서 검이 뽑혀 나왔다.
동시에 사막왕 야율황의 두 손이 서문무휘의 전신을 찍어 눌러 왔다.

이야기 하나

당금 천하는 유례없는 평화의 시대였다.

얼마 전까지 천하를 떠들썩하게 했던 천하손패가 조용히 사라지고 그 빈자리를 무림맹이 대신했다.

천마신교 역시 천산으로 되돌아갔고, 강호는 커다란 사건이나 사고 없이 조용했다.

단 한 사람만 빼고.

"그럼 이번이 스물다섯 번째 패배인가?"

유운비는 바닥에 널브러져 있는 사도치를 내려다보며 입을 열었다.

그러자 만신창이로 바닥에 널브러져 있던 사도치가 끙끙

거리며 자리에서 일어섰다.

"그래도 가능성은 보였다."

"가능성은 얼어 죽을. 옷깃도 스치지 못했으면서……."

"녀석이 드디어 두 손을 사용했어. 못 봤냐?"

유운비는 한심하다는 듯한 표정을 해 보였다.

"귀찮으니까 그랬겠지. 빨리 끝내려고……."

"아니다. 이번에는 확실히 그놈도 당황하는 게 보였어."

"아아, 그러셨겠죠. 어련하시겠습니까?"

"내가 곧 천하제일인이 될 날이 머지않았다. 알아서 모시는 게 좋아."

낭인왕 사도치.

천하제일권(天下第一拳)이라 불리는 사내.

허나 그는 거기에서 만족하지 않고 천하제일인이 되기 위해 오늘도 노력 중이었다.

이야기 둘

"괜찮으십니까?"
"……"
"다행히 생명에 지장은 없으십니다."
"다행? 지금 다행이라 했느냐?"
전신에 붕대를 감고 있는 사내.
천자후는 낮게 이를 갈았다.
"그놈은 차라리 날 죽였어야 했다. 이런 모욕을 받은 게 대체 몇 번째더냐?"
"농담이라도 그런 말씀 마십시오, 도련님. 진흙탕에 굴러도 이승이 좋다는 말이 있잖습니까? 그러니 반드시 살아남으

셔야 합니다. 그래야 복수도 할 수 있는 것 아니겠습니까?"

"복수라……."

천자후의 눈이 탁한 회색빛으로 풀려 갔다.

얼마 전까지만 해도 얼마 차이도 나지 않았다.

헌데 어느 순간 감히 따라잡을 수도 없을 만큼 격차가 벌어지고 말았다.

과연 신마 백무량은 사람 보는 눈이 있었던 모양이다.

"와신상담이라는 말이 있습니다, 도련님."

수하의 말에 천자후는 눈가에 경련을 일으켰다.

"네가 지금 날 가르치려 드는구나."

"군자의 복수는 청산이 푸른 한 걱정이 없다는 말도 있지요."

"네놈…… 지금 감히 누구에게……."

"어렸을 때 보았던 도련님은 너무도 완벽하신 분이셨습니다. 그런데 지금 모습은 너무도 실망스럽군요."

"……."

천자후는 화를 내려다가 말고 그냥 허탈하다는 듯 웃어 버렸다.

자신이 어쩌다가 이 지경이 된 것일까?

촉망받는 후기지수에서 소교주의 자리까지 올라갔었다.

헌데 지금은 그저 만신창이 폐인일 뿐이다.

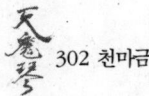

"그래……. 이건 아니지."

천자후는 자리에서 일어섰다.

누가 알았을까?

천하제일인 서문무휘.

차후 그와 어깨를 나란히 할 천자후는 고작 수하의 말 몇 마디 때문에 존재할 수 있었다는 것을 말이다.

『천마금』 완결

작가 후기

안녕하세요. 가나입니다.
생각보다 급하게 완결을 내게 되었습니다.
죄송합니다.
부득이한 개인 사정이 생겨 버려서요.
스물일곱 살이라는 늦은 나이…….
입대를 하게 되었습니다.
천마금은 저에게 여러 가지 많은 생각을 하게 해 준 작품입니다.
저를 많이 힘들게도 했지만 그만큼 공부도 많이 하게 만든 작품이지요.
아무튼 이제는 결말이 나왔습니다.
시원섭섭하네요.

이 년 후…….
제대 후에 조금 더 좋은 작품으로 찾아올 것을 약속드리면서…….
저는 이만 물러갑니다.

2010년 12월 7일
춘천에서, 가나

Dark Blaze

다크 블레이즈

김현우 판타지 장편소설

FANTASYSTORY & ADVENTURE

『레드 데스티니』,『골든 메이지』의 작가!
김현우 판타지 장편소설

십 년 전쟁의 승리에 파묻힌 충격적 비화.
제국이 아버지의 죽음을 감췄다!

알파드 공의 죽음과 엘리멘탈 프로젝트의 실체.
뒤틀린 진실을 알기 위해 아르미드 남매가 복수의 칼을 들었다!

dream books
드림북스